따까리, 전학생, 쭈쭈바,
로댕, 신가리

# 따까리, 전학생, 쭈쭈바, 로댕, 신가리

신설 장편소설

|주|자음과모음

# 여전히 멋진 사람들, 고맙습니다

따까리의 둘째 삼촌이 말하길 '운칠기삼'이라고 했다. 기를 쓰고 글을 마친 뒤에는 할 일이 많지 않았다. 4시 44분에는 시계를 외면한다거나, 신발 끈이 풀리면 침을 탁 뱉는다거나, 그 정도뿐이었다. 아내는 한심하다는 표정으로 날 외면했지만 나는 꿋꿋했다.

발표 날, 초조한 마음으로 시계를 봤더니, 하필 4시 44분이었다. 아, 항상 그런 법이다. 방 안이었고 침도 뱉을 수가 없었다. 임시방편으로, 싫다는 아내에게 '7'을 일곱 번 반복하도록 강요했다. 왠지 내가 하는 것보다 더 강력한 힘을 발휘할 듯했다.

내 예상이 맞았다. 몇 시간 뒤 전화가 왔고 우리는 환호성을 질렀다. 그리고 나는 아내에게 당당히 말했다.

"것 봐라!"

운칠기삼이다.

응모작 중에는 나보다 뛰어난 작품이 분명 여럿이었다. 하지만 그들은 운이 없었다.

운 좋은 나는 나의 부족함을 채울 수 있다고 믿는 분들을 심사위원으로 만났다.

초판에 실었던 '작가의 말' 중 일부분이다. 분명 내가 쓴 글이지만 새삼스럽다. 그렇게 기억이 가물거릴 만큼 꽤 많은 시간이 지났다.

그동안 나는 미간에 심술 주름이 생겼고, 그것을 펴게 하는 유일한 사람도 생겼다. 자식, 특히 나의 자식은 비할 데 없는 커다란 변화이다.

물론 변하지 않은 것들 역시 차고 넘친다. 여전한 세상을 평계로 나는 지금도 화가 많다. 콜라를 벌컥벌컥 마시며, 빈 깡통을 슬그머니 바닥에 놓을 때가 있다. "차가 또 막히네!" 구시렁댈 뿐 누군가의 피켓은 읽지 않는다.

"내 책이 나왔는데도 세상은 너무 조용한 거야."

그리고 어느 선배가 했던 농담처럼 사람들은 여전히 내 책을 모른다.

물론 그것이 불만일 정도로 내가 미련하지는 않다. '전학생'의 말을 빌리자면, 내가 그 정도는 아니다. 그래도 책이 더 많이 읽혔으면…… 하는 바람은 당연하다. 그런 바람을 담아 새로운 말을 덧붙인다.

기회를 마련해 준 자음과모음, 그리고 최수인 편집자님과 전유진 편집자님께 많이 감사하다.

물론 그분들 말고도 고마운 사람이 여럿이다. 예전 글의 반복이라 굳이 적지는 않겠다.

대신 이 시대의 무명들, 그러니까 새 시대의 따까리, 전학생, 쭈쭈바, 로댕, 신가리 들에게 고맙다는 말을 전한다. 여전히 멋진 사람들이다.

차례

# 따까리와 전학생

나는 따까리, 걔는 전학생이었다. 삥끼, 똥맨, 사스, 버그베어……. 우리 반 전부는 별명이 있었고, 우리는 이름 대신 그 별명을 불렀다.

분명 까마귀가 처음 시작한 유행이었다. 나중에는 너도나도 열을 올려, 말 한마디 없는 로댕마저 별명이 생겼다. 사람 모양에 말이 없으니 동상이었다가 어느새 로댕이 돼 있었다. 떡진 머리와 단단한 덩치, 그것은 영락없는 로댕의 〈생각하는 사람〉이어서 꽤나 괜찮은 별명이었다.

내가 왜 따까리가 됐는지는 잘 모르겠다. 그러니까 역할과 별명, 둘 중 무엇이 먼저였는지는 잘 모르겠다.

꽃이라고 부르니 꽃이 됐다는 누군가의 시처럼 나도 원래는 아무것도 아니었다. 그렇게 꽃도 따까리도 아니었는데, 하필 따까리라는 별명이 생겨 버렸다. 별수 있는가? 그때부터 나는 따까리였다.

어쩌면 역할이 먼저였을 수도 있다. 다시 말해 별명이 생기기 전에 까마귀의 잔심부름을 몇 번 했던 것도 같다. 그런 경우 역시 별 방법이 없다. 그냥 따까리가 되는 수밖에.

굳이 따지자면 따까리는 별명이 아닐 수도 있다. 다리가 짧은 사람을 숏다리, 과장이 심한 애를 뻥쟁이라고 부르듯이 따까리 역시 일종의 일반 명사였다. 그러니까 소위 잘나간다는 애들의 꼬봉을 다르게 부르는 말이었다. 어딘가에 숏다리나 뻥쟁이가 있는 비율로 따까리 역시 존재하는 셈이었다.

2003년, 감영고등학교 2학년 2반의 따까리는 나였다. 물론 내가 그 별명이, 혹은 그 역할이 즐거웠을 리 없다. 두 눈 딱 감고 심부름 몇 번 하면 되잖아. 그런 속 모르는 소리를 하는 사람이 있을지도 모르겠다. 그럼 나는 그 사람에게 실컷 욕을 해 줄 것이다. 그 '심부름'이란 단어 안에 얼마나 많은 의미가 포함돼 있는데 말이다. 백 번 양보해서 사전 속 의미 그대로, 그냥 심부름만 따져 봐도 그렇다.

매점, 교과서, 체육복, 담배, 숙제, 반성문, 망보기……. 그 수많은 단어들 중에 심부름 아닌 게 무언가? 그리고 그 수많은 심부름 중에 할 만한 게 무언가?

물론 가장 하기 싫은 심부름은 있었다. 체육복 빌리기였다. 1학년 때 같은 반이었던 애들이 여러 명이었지만, 체육복을 빌릴 만한 사이는 한 명뿐이었다. 그런데 그 애도 나처럼 목요일 3교시가 체육이었다. 나는 그 시간이 다가오는 게 싫어 울렁증이 생길 정도였다. 그래도 어쩔 수 없었다. 나는 한 주에 한 번씩 생판 처음 보는 누군가를 붙잡고 부탁을 해야 했다.

"체육복 좀 빌릴 수 있을까? 빨아서 가져다줄게."

그러면 열에 아홉은 왜 자기한테 그러냐고 묻는다.

괜히 1학년 때 같은 반 애들한테 가면 욕만 먹거든. 그래서 차라리 모르는 사람이 더 나아. 그래, 나 그거야. 네가 아는 그거.

나는 그 말하기 싫은 사정을 "그냥" 한마디에 담아 우물거렸다. 그러면 그 애들은 착한 사람의 표정이 돼서 말한다.

"아니, 그냥 빌려가. 안 빨아 줘도 돼."

하, 이 착한 사람아. 나는 그 착한 사람의 눈을 마주 보지 못하고 도망치듯 그 자리를 벗어나고는 했다.

착한 사람보다 날 더욱 화나게 하는 사람은 순진한 사람이다. 매번 그런 일을 하느니 그냥 하나 사다 줘 버리지 그랬어? 그럴 수 있었다면 나는 도둑질을 해서라도 그렇게 했다. 하지만 나는 그럴 수 없었다. 물론 도둑질 이야기가 아니라 체육복 이야기다.

체육복을 사다 주면 돌아올 답은 뻔했다.

"너 나 물 먹이려고 그러지? 내가 양아치야? 니 삥이나 뜯게."

나를 쪼아 버릴 것처럼 입을 삐죽거리는 까마귀의 모습은 안 봐도 뻔했다.

더욱이 나는 까마귀의 따까리가 아니라 까마귀의 친구가 아니던가? '우리 대장한테 혼나기 전에 체육복을 갖다 바쳐야 돼' 한게 아니라 '우리 친구가 측은하게도 체육복이 없네. 내가 대신 빌려다 줘야겠다' 한 것이란 말이다.

그런 적당한 처신으로 조금만 버틴다면, 그래서 까마귀와 다른 반이 된다면 나는 따까리에서 벗어날 수 있다. 그런 희망이 현실이 되기 위해서는 따까리가 나의 역할, 나의 계급이 되어서는 안 됐다. 따까리는 쭈쭈바, 피제이, 까마귀, 그런 것들처럼 별명이어야 했던 것이다. 그래서 나는 그날도 친구에게 호의를 베풀기 위해 말했다.

"까마귀, 나 매점 갈 건데 넌 안 가?"

"그래? 그럼 난 김치라면."

나는 맨 뒷자리의 까마귀에게 가서, 돈을 받아 오는 수고까지 마다하지 않았다.

"나도 그거나 먹어야겠다."

혼잣말치고는 큰 소리로 그 말을 하는 것도 잊지 않았다. 그런데 그때, 교실이 조용해졌다.

교실 문을 열고 들어오는 담임이 눈에 들어왔다. 오전에 담임의 수업이 있는 날엔 대부분 조회를 건너뛰었다. 그런데도 그날은 웬일인지 담임이 들어온 것이었다. 혼자는 아니었고 누군가와 함께였다. 교복을 갖춰 입은 모습이 전학생인 듯했다.

앞으로 훨씬 클 거라는 엄마의 기대감을 반영했는지 꽤나 헐렁한 교복이었다. 엄마의 그런 바람은 합당해서 그만큼 작은 키이기도 했다. 얼마나 작았냐면 나만큼이나 작았다.

새로 깎은 머리는 단정한 스포츠머리였고, 인상은 순한 듯 어벙해 보였다. 특히 처진 눈이 그랬다. 이유는 모르겠지만, 한쪽 눈은 파랗게 멍이 들어 있었다. 그 멍이 인상을 강하게 하기는커녕 오히려 더욱 순해 보이게 했다. 그 애는 그 두 눈으로 교실 안을 찬찬히 둘러보았다.

"오늘 주번 누구야? 밀걸레 햇볕에 말리랬잖아. 그리고 자꾸 교실에서 라면을 먹는데, 냄새난다고 몇 번을 말해? 정 먹고 싶으면……."

담임은 평소의 조회처럼 이런저런 말들을 늘어놓았다. 전학생에게 관심이 팔린 우리에게 그 내용들이 들어올 리 없었다. 그것을 아는지 모르는지 담임은 실컷 하고 싶은 말을 했다. 그러다가 문득 생각났다는 듯 담임은 전학생의 어깨에 손을 올렸다.

"이번에 전학 왔는데 학기 중이니까 너희들이 더 많이 도와줘라. 홍태고라고 했지?"

담임의 말은 질문이 아닌 확인이거나 화법이었다. 뭐, 질문으로 치더라도 '예'와 '아니요' 말고는 별로 대꾸할 말이 없는 것이었다. 그런데도 전학생은 기다렸다는 듯 말을 받았다.

"예, 홍태고등학교 맞습니다."

그러더니 손수 어깨에 얹혀 있던 담임 손을 뿌리치고는 꾸벅 인사까지 했다.

"안녕, 사정이 있어서 이번에 전학을 왔어. 새로운 환경에 적응할 생각에 걱정이 됐었는데 너희들 얼굴을 보니까 조금 안심이 된다. 그래도 아직 많이 떨리고 부족한 게 많아. 너희들의 도움으로……."

그 애는 어느 영화 속 전학생의 대사를 외워 오기라도 한 모양이었다. 적당하게 과장된 투로 또박또박 말이 길었다.

전학생만으로도 지루한 학교생활의 청량제로는 충분했다. 그런데 그 전학생이 평범한 유형까지 아닌 듯했으니, 덕분에 교실 안은 오랜만의 활기로 가득 찼다. 담임이 나가자마자 애들은 전학생에게 달려들어 이런저런 질문이 많았다.

하지만 그런 관심은 채 며칠을 가지 못했다. 본래 너만 한 나이에는 금방 불붙었다가 금방 꺼지고 그래. 이 말은 아마 둘째 삼촌의 말이었는데, 우리가 그 말처럼 청소년다운 성격을 지녔기 때문만은 아니었다. 첫날의 자기소개와 달리 전학생은 별로 재미가 없는 쪽에 가까웠다.

다시 며칠이 지나 담임의 한국 지리 수업이 있기 전까지는 말이다.

"오늘은 집중해. 진도 못 뺀 거 다 나갈 거니까."

담임의 호기로운 선언과 함께 시작된 수업은 언제나 그렇듯 별 쓸데없는 잡담으로 빠져 있었다. 그날의 주제는 무슨 이유에선지 친일에 관한 것이었다.

"벌써 몇 년이 지났어? 백 년 가까이 됐잖아. 아직도 백 년 전 일을 갖고. 나 참, 그런 식이면 고려 시대 권문세족 있잖아? 그 사람들 후손들도 다 죽일 놈들이네? 지금 다 색출해서 마녀사냥을 해야지."

그런 열변과는 상관없이 나는 만화책을 읽는 중이었다. 그런데 누군가가 벌떡 일어났다.

전학생이었다. 모두의 시선은 그 애에게 향했고, 담임도 마찬가지였다. 하지만 전학생은 몇 초 동안 그렇게 멀뚱히 서 있기만 했다. 그러더니 갑자기 소리를 버럭 질렀다.

"이 새끼야!"

갑자기 미쳐 버린 걸까? 입시 스트레스? 신들림? 어쨌든 뭐 그런 거?

나는 그렇게 생각했다. 모두가 마찬가지였다. 담임의 얼굴에는 얼핏 걱정의 기색까지 스쳐 지나갔다. 그러나 담임의 얼굴은 곧바로 일그러졌다.

"당신 말입니다. 당신!"

전학생은 손가락을 똑바로 내뻗었다. 그리고 그 손가락 끝에는 놀랍게도 담임이 있었다. 잘못 본 게 아니었다.

"선생님이면 선생님답게 역사를 똑바로 알아야죠! 모르면 그냥 가만있던가요!"

전학생은 담임이라고 콕 집어 주는 친절까지 베풀었다.

"꽤액!"

분명히 '꽤액'이었다. 어떤 비유나 처리가 아니라 분명히 그 소리였다. 담임은 사람의 소리라고는 생각하기 힘든 그 괴상한 소리와 함께 전학생에게 다가갔다. 하지만 전학생은 꿋꿋했다. 담임이 책상의 가지런한 열을 거칠게 흩트릴 때도, 그 시뻘건 얼굴을 전학생에게 들이밀 때도 마찬가지였다. 그런데 그런 꿋꿋함은 너무나 허탈하게 끝나 버리고 말았다.

"아야!"

뺨을 맞고 뒤로 벌렁 넘어가면서 전학생은 그런 소리를 냈다. 그러고는 갑자기 사과를 하기 시작했다.

"잘못했습니다. 선생님한테 욕을 한 저는 나쁜 놈입니다. 잘못했습니다. 아야, 아야!"

"이런 미친 새끼! 미친 새끼!"

"아야, 아야! 잘못했습니다. 잘못했어요. 아야, 아야!"

난장판이었다. 앉지도 서지도 못한 근처의 애들은 엉거주춤한 자세로 자리를 피해 있었다. 본래 그 애들의 자리였던 책상과 의자 중 몇 개는 밀리거나 넘어져 나뒹굴었다. 그리고 담임의 발길질은 마치 축구 선수 같았다. 그렇다면 전학생은 축구공이었다.

얼굴을 감싼 팔은 용케도 풀지 않았는데 옆구리는 너무나 무방비
했다. 그것을 놓치지 않은 담임은 온 힘으로 킥을 넣었다.

"미친 새끼! 미친 새끼!"

외치면서였다.

"아야, 아야!"

전학생의 그 전형적인 신음도 빠지지 않았다.

그렇게 한참을 차이던 전학생이 무언가 다른 말을 하기 시작했
다. 처음에는 주변 소리에 묻혀 그 소리가 귀에 잘 들어오지는 않
았다. 전학생이 작정한 듯 목소리를 키우고 나서야 그 말을 알아
들을 수 있었다.

"나라 팔아먹고 백 년이면 선생님한테 욕한 건 오 분입니다. 그
정도면 충분합니다. 아야, 아야! 벌써 십 분은 지난 것 같습니다.
저는 사과까지 했습니다. 원래는⋯⋯."

매국노도 백 년이면 옛일이 되니 자기 잘못 정도는 오 분이면
충분하다. 더구나 자신은 진심 어린 사과도 했다. 원래는 안 해도
되지만 스스로의 양심에 따른 행동이다. 그러니까 선생님한테 욕
한 자기의 잘못은 용서를 받아도 백 번은 받아야 된다. 대충 그런
내용이었다.

"허허."

헛웃음과 함께 담임은 발길질을 멈췄다. 물론 그것으로 전학생
의 시련이 끝나지는 않았다.

"그래, 한번 해보자는 거지. 니가 지그음."

담임은 '지금'이라는 발음을 길게 빼며 전학생의 머리채를 잡아 일으켰다.

"아야야야."

전학생은 풍선처럼 딸려 올라갔다.

옆구리 다음에는 뺨이었다. 담임은 전학생의 머리채를 잡은 채로 뺨을 때리기 시작했다.

"아야야야."

그 뺨을 안 맞으려 요리조리 피하다가 전학생은 그런 신음을 냈다. 담임에게 잡힌 머리채가 아파서였다.

아야야야, 길게 이어진 그 신음은 수업이 끝날 때까지 계속됐다.

담임은 전학생을 교무실로 끌고 가지는 않았다. 끌고 온 이유를 다른 선생님들에게 설명하기가 무색했을 것이다. 거기다가 체벌 교사 어쩌고 하는 뉴스를 떠올려 보면 현명한 선택이었다.

담임이 나가고도 전학생은 그 자리 그대로 우두커니 서 있었다. 웅성웅성, 볼륨이 좀 높아졌을 뿐 교실의 분위기도 우두커니에 가까웠다. 그도 그럴 게, 우리 반 누구도 겪어 보지 못한 낯선 상황이었다. 좀처럼 눈에 띄는 일이 없던 로댕만이 성큼성큼 전학생에게 다가갔다. 로댕의 손에는 언제 준비했는지 물에 적신 손수건이 있었다.

"고마워!"

손수건을 받아든 전학생은 밝은 목소리를 냈다. 난 아무렇지도 않다고 말하고 싶은 듯했다. 하지만 겉모습까지 속일 수는 없었다. 눈물과 콧물은 닦아내더라도 얼굴의 부기와 그 색깔은 꽤나 오래갈 듯했다. 그런데도 전학생은 우리를 향해 웃어 보이기까지 했다. 퉁퉁 부은 뺨 때문에 꽤나 어색한 웃음이었다. 나는 성형 후 유증에 시달리는 어느 배우의 웃음을 떠올렸다.

그 웃음 뒤에도 전학생은 자리에 앉지 않았다. 그 대신 그 애는 교탁으로 가 서더니 우리를 쓱 둘러보았다.

"미친 새끼!"

그 모습을 본 까마귀가 외쳤다.

아마 담임이 전학생에게 몇 번이나 한 그 말을 염두에 둔 말인 듯했다. 그렇다고 비난은 아니어서, 오히려 어느 정도 인정한다는 그런 말투였다. 적어도 교탁에 양손을 짚고 연설을 시작하기 전까지는 그랬다.

"너희들이 날 어떻게 생각할까 염려된다. 선생님께 막말하는 그런 애로 보지는 말아 줘. 잘못을 바로잡으려는 내 나름의 노력이었으니까 말이야."

첫날 자기소개를 하던 그 말투였다.

이야기의 시작은 왜 자기가 담임에게 욕을 했는가부터였다. 그러던 전학생은 친일파와 그 친일파 청산에 관한 문제에도 많은 시간을 들였다.

"미친 새끼."

그것 역시 까마귀가 한 말이었다. 아까와 달리 혼잣말에 가까웠다. 비웃음이나 짜증이 묻어 있다는 점도 조금 전과는 달랐다.

그런데도 전학생은 입을 쉬지 않았다. 주제는 흐르고 흘러 일본의 경제력에 관해서까지 이야기를 했다.

"에이, 미친 새끼."

이번에는 까마귀가 아닌 각설이가 키득대며 한 말이었다.

그쯤 되자 대부분은 전학생에게 두었던 관심을 거두고 자기 할일에 바빴다. 그런 흐트러진 분위기에 전학생은 조금 당황한 기색이었다. 그러더니 대뜸 주제를 바꿔 맷집에 관한 이야기를 하기 시작했다. 그 이야기를 위해 그토록 서론이 길었는지도 모른다고 나는 생각했다.

"아, 맞다! 아까 내가 맞는 거 봤지? 뭐 그 정도는 원래 껌인데……. 내가 운동을 좀 하거든. 킥복싱 알지? 도장에서 원래 이정도는 일과야, 일과. 그런데 하필 옆구리를 다친 거야. 나도 모르게 아프다는 소리가 나오더라니까. 뭐, 담임이 알고 그랬겠어? 그냥 참아야지. 그래도 나도 모르게 반격할 뻔했다니까. 하하!"

"머리끄덩이 단련은 안 했냐?"

"야, 난 친일파 아니다. 우리 집 일제 밥통 삼촌이 사다 준 거야."

애들은 키득대며 이런저런 말들을 쏟아냈다.

사실 그런 일장 연설 없이 그냥 자리로 들어갔어야 했다. 적어도 하고픈 말을 줄이고 줄여 진작 끝냈어야 했다. 잘만 했으면 멋진 방법으로 담임에게 저항한 멋진 놈이 될 수도 있었을 것이다. 하지만 전학생은 그냥 '미친놈'이라는 새로운 별명을 얻는 데 그치고 말았다. 처음에는 '미친 새끼'였다가 어느새 '미친놈'이 돼 있었다.

미친놈이, 그러니까 전학생이 그런 별명을 좋아할 리 없었다.

"그렇게 부르지 말아 줄래? 아무리 별명이라도 미친놈은 좀 그렇잖아. 듣는 나도 그렇고, 말하는 너도 그렇고. 미친놈은 너무 격이 낮은 거 같아. 우리는 초등학생이 아니잖아."

누군가 자신을 부를 때마다 전학생은 그런 식으로 반응했다. 물론 그럴수록 미친놈이라는 별명은 단단해졌다.

그 애를 여전히 전학생이라고 부르는 애는 몇 되지 않았다. 존재감이 희미한 몇을 뺀다면 아마 나뿐이었을 것이다. 나 역시 그 애가 전학생보다는 미친놈이 더 잘 어울린다는 생각을 하기는 했다. 하지만 차마 그렇게 부르기는 힘들었다.

"따까리야!"

그런데도 전학생은 꼬박꼬박 날 그렇게 불렀다. '까리'라는 나름 합당한 줄임말이 있었는데도 말이다. 더구나 끝에 붙는 그 '야' 자는 꽤나 귀에 거슬렸다.

"따까리야, 같이 가!"

자율학습까지 마치고 학교를 파하면 밤 열 시였다. 학생들 대부분은 정문으로 빠져나갔는데, 21번을 타야 하는 나는 후문을 나와서도 한참을 걸어야 했다. 버스 승강장이 멀다는 게 불만은 아니었다. 심부름을 시키는 까마귀도, 학교는 재미있었냐고 묻는 엄마도 없는 그 길이 나는 나름 맘에 들었다. 어쩌면 하루 중 내가 가장 기다리는 시간이기까지 했다.

그 시간을 방해하는 것도 모자라 전학생은 꼬박꼬박 나를 따까리라고 불렀다.

"따까리야, 너 걸음 되게 빠르네. 너 21번 타지? 우리 집이 정류장 지나서 바로거든."

"어, 그래?"

사실 알고 있었다. 며칠 전만 하더라도 정류장을 지나치는 전학생을 외면하느라 고개를 숙였었다.

"몇 번이나 같이 가자고 할랬는데 기회가 있어야지."

"아, 그래?"

"내일부터 같이 가자."

전학생은 갑작스런 제안을 내놓았다. 물론 달가운 제안이 아니었다. 나는 어떻게 거절을 할까 머리를 굴리느라 머뭇거렸다.

"왜? 싫어? 같이 가면 좋잖아. 심심하지도 않고."

그 사이를 참지 못한 전학생은 대답을 재촉했다.

"뭐…… 시간이 맞아야……."

거절이었다.

"좋았어!"

하지만 전학생에게는 승낙이었다.

싫어. 이 한마디를 못하니? 쓸쓸해진 나는 터벅터벅 전학생의 뒤를 따랐다. 가는 내내 전학생은 말이 많았다. 나는 대답을 하지 않는 것으로 나름의 항의를 했다. 그러거나 말거나 전학생은 말이 많았다.

다음 날도 그다음 날도 같았다. 전학생은 날 기다렸고, 난 전학생의 뒤를 따랐다. 여전히 그 애는 말이 많았고, 나는 말을 하지 않았다. 그 애는 참 즐겁다고 말했고, 난 참 지루하다고 생각했다.

무언가 돌파구를 찾아야 했다.

그 돌파구란 거짓말이었다. 누구를 만나고 가겠다, 아버지가 데리러 온다, 네가 안 보여서 먼저 갔다. 그런 거짓말들로 하루하루를 넘겼다.

양심의 가책은 처음 며칠뿐이었다. 나중에는 거짓말이라는 생각도 들지 않았다. 사실 아무리 남의 말을 잘 믿는다 하더라도 매일 반복되는 그 거짓말을, 속이 훤히 들여다보이는 그 거짓말을 모를 리 없었다.

그래, 껄끄러운 게 싫으니까 괜히 모르는 척하는 거야. 서로 합의된 거짓말이라는 거지.

나는 그렇게 생각했고, 매일의 거짓말은 나의 일상이 돼 가고 있었다.

그날 거짓말을 준비하지 못한 이유는 어쩌면 그 때문이었는지도 모른다. 미처 그 일에 신경을 쓰지 못하고 있었던 탓이다.

"오늘은 별일 없지?"

전학생의 그 말을 듣고서야 나는 그날의 변명을 마련하지 않았다는 사실을 깨달았다.

"응."

엉겁결에 대답이 튀어나왔고, 후회는 바로 찾아왔다.

어쩔 수 없이 미적거리는 걸음으로나마 전학생의 뒤를 따랐다. 그렇다고 무슨 독 안에 든 쥐는 아니었다. 빠져나갈 구멍은 여러 개여서 나는 그중에 하나를 선택했다.

"후문에서 기다려. 화장실 좀 갔다 올게."

"같이 갈까?"

뻔히 알면서 왜 이래?

"큰 거라 그래. 괜히 신경 쓰이니까 후문에서 보자."

전학생의 대답은 듣지도 않고 나는 화장실로 향했다. 역시 전학생은 따라오지 않았다. 그렇다고 느긋한 걸음은 예의가 아니었다. 나는 화장실이 급한 척 종종걸음을 하는 성의까지 보였다.

화장실에서 보낸 십 분도 일종의 예의였다. 전학생은 벌써 가고 없겠지만 나는 최소한의 도리를 다했다. 그런데 나의 예상은 빗나가고 말았다. 전학생은 후문에 서 있었고, 나는 얼른 나무 뒤에 몸을 숨겼다. 아마 전학생도 나처럼 예의를 차리는 것이라고 생각했다.

'나 어제 이십 분이나 기다렸어. 길이 엇갈렸나 하고 그냥 갔는데 어떻게 된 거야?'

그런 말을 하기 위해서였다.

하지만 전학생은 이십 분이 넘어 삼십 분이 다 돼 가도록 그 자리 그대로였다. 언제 가나? 연신 고개를 내밀었지만, 전학생은 여전히 그 자리였다.

휴대폰이 없어서 다행이라는 생각을 거의 처음으로 했다. 학교에서 그것은 금지였다. 만약 걸리면 압수였고 학기가 끝나야 돌려주는 게 보통이었다. 작년만 하더라도 여러 명이 압수를 당했다. 내가 굳이 교칙을 잘 따르느라 휴대폰이 없는 것은 아니었다. 첫째는 필요가 없어서였고, 둘째도 필요가 없어서였다. 그리고 진짜 이유는 '까리, 휴대폰 좀 빌려 줘' 그 소리를 듣기 싫어서였다.

비슷한 듯 다른 이유겠지만 전학생도 휴대폰이 있을 리 없었다. 전학생은 하는 일 없이 거기 그대로 서 있었다.

더 정확히 하자면 엉거주춤한 자세로 거기 그대로 서 있었다.

처음에는 요가라고 생각했다. 양 주먹을 가슴에 모으고, 무릎은 구부정하게 굽히고 있었다. 무언가 맘에 차지 않는지 고개를 갸웃하기도 했다. 전학생은 그 자세 그대로 팔을 휘두르기도 했다. 그건 분명 복싱과 닮아 있었다. 그렇다면 저 들썩대는 다리는 무엇일까? 그제야 나는 전학생이 킥복싱을 배웠다고 주장한 사실을 떠올렸다.

전학생은 그렇게 킥복싱이라고 짐작되는 무언가를 하며 시간을 보냈다. 그러다 지겨웠는지 막대기를 주워 들고 땅바닥을 뒤적이기 시작했다. 나중에는 후문 기둥에 등을 기대고 우두커니 서 있기만 했다.

얼마나 시간이 지났을까? 톡, 톡, 톡, 학교의 불들이 꺼졌다. 아마 후문 옆의 가로등도 꺼졌을 것이다. 하지만 나는 고개를 내밀지 못했다. 그저 전학생이 날 찾으러 오지 않기만을 바랐다. 어쩌면 날 발견하기를 바랐는지도 모른다. 그토록 반복한 거짓말에도 잠잠하던 나의 양심이 웬일인지 쓰윽, 다시 고개를 내밀었다.

다행인지 불행인지 다시 후문을 확인했을 때 전학생은 보이지 않았다. 그리고 나는 그다음 날부터 전학생에게 거짓말을 하지 않았다.

마음을 비우자 전학생과 함께하는 하굣길도 나름 괜찮았다. 여전히 말이 많은 쪽은 전학생이었지만, 우리는 제법 말이 통했다. 윤도현의 음악성부터 귀신의 존재까지 이야기는 다양했다. 물론 숙제며 선생님들에 대한 평가까지 학교생활에 관한 것들도 빠지지 않았다. 대신 나의 학교생활에 관해서는 거의 이야기를 나누지 않았다.

학교의 나는 따까리고, 나의 학교생활은 따까리의 학교생활이니 할 이야기가 없는 게 당연했다. 하기야 날 '걱정해서' 가끔 충고를 해 주는 쭈쭈바 같은 애가 없었던 건 아니다. 그 가끔이란 '나 쭈쭈바는 지금 좀 기분이 꿀꿀해'와 동의어였다. 그때마다 쭈쭈바는 내 자리에 찾아와 속삭임보다는 조금 더 큰 목소리로 말하고는 했다.

"맞짱 뜨자고 해. 아니면 냅다 의자를 던져 버리든가. 왜? 무서워? 나중에 좀 맞는 거야 뭐, 니가 만만한 놈이 아니라는 것만 통하면 게임 끝이지. 그게 안 돼? 어후, 내가 너였으면 그냥 콱!"

그렇게 쭈쭈바는 개구리에게 뱀 앞에서 당당해지는 법을 가르치고는 했다. 그럴 때면 개구리는 하하 웃으며,

"뭔 소리야? 그냥 매점 가는 김에 사다 주는 거야. 그게 뭐가 어려워? 친구끼리."

할 수밖에 없었다.

그런 쭈쭈바와 다르게 전학생은 턱없는 충고 따위를 하지 않아 편했다. 그래서 그날의 하굣길에서 이야기를 먼저 꺼낸 쪽은 나였다. 괜히 제 발이 저린 격이었다.

"가끔 까마귀한테 라면 사다 주잖아. 그냥 매점 가는 김에 사다 주는 거야. 친구잖아."

항상 하는 그 이야기였다.

"그래? 너 되게 착하다."

그 말 말고 전학생은 별말을 하지 않았다. 그 무심함을 배려라고 생각했던 나는 조금 고마웠다.

그러던 중에 저만치에서 낯익은 얼굴이 보였다. 가까운 거리는 아니어서 자세하지는 않았지만, 분위기만으로 충분히 구별이 갔다. 교복이 아닌 사복 차림이 오히려 그 애다운 분위기를 풍기고 있었다.

"신가리다."

꽤 먼 거리여서 거기까지 들릴 일은 없었다. 그런데도 나는 작은 목소리로 말했다.

신가리라는 별명은 우리 반 누군가가 지어 준 게 아니었다. 그 애는 중학생 때부터 신가리였다고 어디선가 들었다. 그 애가 사는 곳이 거기여서 붙은 별명인 듯했다.

그거 말고도 나는 그 애에 대하여 많이 알고 있었다. 물론 남들도 다 아는 것들이기는 했다. 그만큼 신가리와 함께하는 소문들은 우리의 화젯거리 중 하나였다. 그런 소문들이 그렇듯 대부분 싸움에 관한 것들이었다. 오죽하면 다섯 명의 어깨를 징검다리 삼아 상대의 머리를 날려 버렸다는 소문까지 있었다.

그런 소문들과 달리 신가리가 싸우는 모습을 본 애는 없었다. 다른 말로 하자면 고등학교에 들어와서 감히 신가리에게 싸움을 건 애가 없었다. 적어도 우리 학교에서는 그랬다.

그렇게 싸움 한 번 하지 않고 신가리는 우리 학년을 다잡는 애가 돼 있었다. 물론 공식적인 1등은 피제이였다. 그러니까 굳이 따지자면 신가리는 일종의 열외자였다. 시험 등수에는 관심이 없는 천재의 느낌, 애들 싸움에는 관심이 없는 어른의 느낌, 그런 느낌이었다.

하지만 전학생의 신가리는 나의 신가리와 느낌이 좀 달랐다.

"신가리? 아, 학교 안 나오는 애."

전학생은 신가리를 그렇게 기억해 냈다. 하지만 그들 중 누가 신가리인지는 알아보지 못했다. 그러고 보니 양복을 입은 한 명을 뺀다면 나머지 셋은 옷차림이 비슷했다. 통이 넓은 기지 바지를 입었고, 반짝반짝 빛나는 티셔츠는 화려한 색이었다.

나는 맨 왼쪽이 그 애라고 알려주었다. 물론 전학생의 다음 행동을 알았다면 그런 친절을 베풀지는 않았을 것이다.

"신가리야! 신가리야!"

같은 말을 두 번이나 외치면서 전학생은 그쪽으로 뛰어갔다. 나도 전학생의 뒤를 따를 수밖에 없었다.

어떤 건물로 들어가려던 신가리는 걸음을 멈추고 뒤돌아섰다. 나머지 셋도 마찬가지였다.

"학생이 이런 데 들어가도 돼?"

전학생의 말을 듣고서야 '단란주점 샤넬'이라고 적힌 간판이 눈에 들어왔다. 난처해하는 신가리의 표정도 함께였다.

"친구들이야?"

양복을 입은 사내가 물었다. 그 양복이 나름 잘 어울리는 사십대의 아저씨였다.

아, 그냥 갈 걸 그랬다. 친구들이란 단어를 들은 나는 그렇게 생각했다. 그 단어 안에는 나까지 포함된 게 분명했다.

"예, 같은 반 친구들이에요."

신가리 대신 전학생이 친절하게 대답했다.

"너 아직도 학교 다녔어?"

가까이서 보니 나머지 두 명도 우리보다는 나이가 많은 형들이었다. 그 형들 중 한 명이 의외라는 투로 물었다.

"몰랐어? 얘도 다니고 프랑켄도 다니잖아."

두 명 중 다른 형이 말했다.

신가리는 쑥스러운 듯 고개를 숙였다.

"그럼요. 같은 반이에요. 그런데 말만 학생이지 학교는 잘 안 나와요."

전학생은 기어코 말을 보탰다.

"야, 인마. 학생이 학교를 잘 가야지."

양복의 아저씨가 장난기 섞인 목소리로 꾸중을 했다.

"그러게요. 학생이 이런 데는 가면서 학교는 안 간다는 게 말이 돼요?"

"하하, 그럼 신가리는 여기 못 가게 할까?"

신가리는 학교 밖에서도 신가리로 불리고 있었다. 어색하기보다는 왠지 당연하게 여겨졌다.

"아니요. 신가리도 다 컸는데요, 뭘. 사실 성인의 나이를 이십

세로 규정한 건 문제가 있다고 봐요. 오히려 발육이 늦은 옛날에는 훨씬 어린 나이에 장가도 가고 그랬는데요. 근데 그거 아세요? 아프리카에서는……."

전학생은 거기서까지 말이 많았다. 물론 나는 조마조마했다.

"그러니까 그냥 이런 데만 잘 가지 말고, 학교도 잘 가라고만 해주세요."

다행히 그 사내들은 전학생이 결론을 말할 때까지 별말이 없었다. 아저씨는 오히려 웃기까지 했다.

"하하, 내일은 내가 책임지고 학교 보내마. 됐지?"

"내일만요? 뭐, 어쩔 수 없죠. 자식도 자기 맘대로 못하는 세상인데요. 하하하!"

자신의 농담이 맘에 들었는지 어쨌는지 전학생도 웃었다.

"신가리, 내일 학교 갈 거지?"

"네."

아저씨의 물음에 신가리는 곧바로 대답했다.

전학생은 뭐가 그리 좋은지 활짝 웃었다. 그 아저씨에게 고맙다는 인사를 하는 일도 잊지 않았다. 신가리에게는 알았다는 대답을 듣기 위해 약속을 지키라는 말을 몇 번이나 반복했다.

그 목표를 이루고서야 전학생은 이만 가보겠다며 꾸벅 인사를 했다.

"잠깐만."

양복의 아저씨가 뒷주머니에서 지갑을 꺼냈다. 장지갑이었다. 그러고는 그 지갑에서 세지도 않은 돈을 집더니 우리에게 건넸다. 전학생은 몇 번이나 손사래를 쳤다.

"상무님 쑥스러우시겠다. 어른이 주는 거니까 그냥 받아."

형들 중 한 명이 말했다.

그 말에 못 이기는 척 전학생이 그것을 받았다.

우리는 그 자리를 벗어나자마자 돈부터 셌다.

"우와!"

칠만 원이나 됐다.

하필 칠만 원이기도 했다. 둘로 나누기에는 우리 모두 오천 원이 없었다. 그래서 근처 슈퍼에 들러 음료수를 사먹었다.

"음료수는 내가 산다!"

나도 하고 싶은 말이었는데, 전학생이 먼저 기분을 냈다. 그래도 별 상관은 없었다.

이러나저러나 우리는 기분이 좋았다.

# 피제이와 까마귀

그냥 평범한 날이었다. 선생님은 칠판에 무언가를 적고 있었고, 애들은 소곤소곤 잡담을 하거나 몰래 만화책을 봤다. 나는 꾸벅꾸벅 잠을 좇는 중이었다. 그런데 뒷자리의 소말리아가 나의 등을 콕콕 찔렀다.

왜소한 체구가 소말리아 난민을 연상시킨다고 해서 소말리아였다.

"왜?"

나는 속삭이는 소리로 물었다.

"이거 까마귀 갖다 주래."

소말리아는 선생님의 눈치를 살피며 종이 한 장을 건넸다.

자기가 갖다 주면 되지……. 나는 자존심이 조금 상했지만 별말 없이 그 종이를 받아들었다.

그 종이의 맨 위 칸에는 '추천인 명부'라고 적혀 있었고 그 아래로는 수십 명의 이름과 학년, 반, 번호가 빼곡했다. 피제이를 위한 추천인 명부였다.

피제이가 학생회장 선거에 나간다는 소문은 벌써 알고 있었다. 미국의 대학 입학, 더구나 하버드 입학을 위한 경력 쌓기라는데 확인할 방법은 없었다. 그 학생회장을 나가기 위해서는 이십 명인가 삼십 명인가의 추천을 받아야 했고, 그게 이 추천인 명부였다. 나까지는 필요도 없이 그 종이에 빈자리는 없었다.

아마 애들 손을 거치는 사이 벌써 목표를 채웠을 것이다. 그러고도 몇 명의 손을 더 거친 이유는 그 종이의 목적지가 까마귀였기 때문이다. 피제이의 심복으로서 명부를 채우는 게 까마귀의 임무였고, 그 까마귀의 따까리로서 그 종이를 전해 주는 게 나의 임무인 셈이었다.

늘 그렇듯 나는 조금 자존심이 상했고, 그 마음을 애써 외면하는 것도 보통 때와 다르지 않았다. 쉬는 시간, 그래서 나는 평소처럼 까마귀에게 그 종이를 가져다주었다. 까마귀는 그 종이를 받아들더니 잔뜩 신이 난 표정으로 젤라틴을 불렀다. 덩달아 돌고래도 함께 와서 셋은 선거에 대해 떠들기 시작했다.

"매점이나 가야겠다."

나는 혼잣말처럼 슬쩍 말했다.

난 이제 필요 없지? 그런 질문이거나 혹은 어차피 할 일을 나중으로 미루지 말자는 다짐의 표현이었다.

까마귀의 대꾸가 없었다. 그래도 방심은 금물이었다.

"매점 갈 건데 필요한 거 있어?"

나는 옆에 서서 다시 비슷한 말을 반복했다.

"꺼져! 나 바쁜 거 안 보여?"

까마귀가 빽 악을 질렀다.

오, 운이 좋은 날이다. 까마귀가 바쁘면 나는 한가하기 마련이었다. 그렇다고 막 운이 좋은 날은 아니었다. 그러니까 돈을 주웠는데 만 원은 아니고 한 천 원 주운 정도, 굳이 말하자면 특별한 날보다는 평범한 날에 가까웠다. 적어도 전학생의 말이 있기 전까지는 그랬다.

"야, 따까리! 내 것도 좀 사다 줘."

저 멀리서 전학생의 외침이 들려왔다.

지금 나를 부르는 건가? 맨 처음 그 생각을 했다.

대체 무슨 생각일까? 매점을 같이 가자는 말인가? 혹시 놀리는 건 아니겠지? 그럼 너무 질이 나쁘잖아. 다음에는 여러 가지 생각들이 머릿속을 스쳐갔다. 그러다가 나는 알았다. 친구로서 그냥 매점에 가는 김에 사다 주는 거야, 그 뻔한 거짓말을 그 애는 진짜로 믿고 있었다. 그 순수함, 그러니까 그 순진함, 아니 그 멍청함에 어떤 반응을 해야 할까? 거절을 할 수도, 그렇다고 승낙을 할 수도 없는 상황이었다.

"야, 미친놈! 너 방금 뭐라고 그랬어?"

다행히도 까마귀의 그 외침 때문에 나는 더 이상 고민을 하지 않아도 됐다. 적어도 그 순간만은 다행이라고 생각했다. 그러다가 이내 상황이 평범한 일상과는 거리가 있다는 사실을 깨달았다.

"너 자꾸 미친놈이라고 그러는데 그러지 말아 줄래? 별명치고는 좀 그렇잖아."

사태 파악이 안 됐는지, 까마귀를 비꼬는 건지 여하튼 전학생은 그렇게 말했다.

물론 까마귀는 비꼬는 말로 들었다.

"하아, 이 새끼 봐라. 아주 날 갖고 놀려고 하네."

자리에서 일어난 까마귀가 전학생에게 성큼성큼 다가갔다. 물렁물렁 뚱뚱하다고 해서 그 별명이 붙은 젤라틴, 아이큐가 80이라는 소문이 진짜 같은 돌고래. 까마귀와는 언제나 세트인 그 둘도 함께였다.

"어? 그런 거 아닌데. 그냥 그 별명이 싫어서 그래. 물론 별명이란 게 다른 사람들의 합의에 의한……."

전학생은 어리둥절한 표정이었다. 까마귀의 반응을 이해하지 못했는지, 겁을 먹고 모르는 척하는 건지 여하튼 전학생은 말이 길었다.

물론 까마귀는 전학생이 겁을 먹은 것이라고 생각했다.

까마귀는 눈에서 힘을 푸는 대신, 묘한 웃음을 지었다.

"합의! 그거 좋은 말이지. 그럼 넌 누구랑 합의를 보고 우리 까리한테 이래라저래라야?"

"친구한테 그 정도 부탁도 안 돼? 나도 그 정도는 들어줄 수 있고."

"오, 그래? 그럼 나 라면 하나만 사다 줘. 친구끼리 그 정도 부탁은 들어줄 수 있지?"

까마귀가 히죽 웃었다.

"싫은데."

전학생의 대답이 즉각 나왔다.

"왜? 친구 사이에 왜 그래?"

까마귀는 한 번 눈독 들인 먹잇감을 놓치지 않았다.

"나 너랑 친구 아닌데. 친구 하기도 싫고. 난 원래 친구를 가려 만나. 나 너 별로야."

이번에도 전학생은 고민도 없이 대답했다. 물론 적절한 답은 아니었다.

"이 새끼가……."

까마귀가 이를 앙다물며 전학생에게 다가갔다.

전학생은 여전히 그 순진한 표정으로 멀뚱했다. 선생님이라도 들어오게 해 주세요, 내가 할 수 있는 일이라고는 기도뿐이었다.

"좀 조용히 좀 하자."

아, 신은 있었다. 그 기도를 하늘이 답해 주셨다. 선생님 어쩌고 하는 자잘한 것이 아니라 피제이라는 확실한 응답이었다.

피제이가 조용히 좀 하라면서 보던 책을 쾅 덮었다. 그러자 교실은 순식간에 고요해졌다.

피제이는 미국에 있는 중학교의 이름이라는데, 자기가 그렇다고 하니까 그런가 보다 했다.

별명은 보통 특이한 외모나 이름 때문에 붙는 경우가 많았다. 그다음은 성격, 특별한 사건, 기타 정도의 순이었다. 별명에 공을 들였던 우리 반은 그 순서가 조금 달라서, 성격이나 사건 때문이 가장 많았다. 그다음이 외모나 이름, 그리고 기타 다른 이유였다. 그렇게 별명의 이유는 다르더라도 모두 스스로 붙이지 않았다는 공통점은 분명했다. 하지만 그 공통점에도 예외가 없지는 않았다. 바로 피제이가 그랬다.

피제이라는 별명은 누가 붙여 준 게 아니었다. 자기 스스로 그 별명을 선포했고, 우리는 그것을 불렀다. 물론 그 별명을 지어 줬다고 주장하는 까마귀는 인정하지 않겠지만, 내가 볼 때는 그랬다. 그래서 내 생각으로 피제이는 율곡이나 퇴계 같은 호에 가까웠다.

나는 피제이가 별명을 갖는 순간을 바로 옆에서 지켜봤다. 그것은 동시에 까마귀라는 별명이 생긴 순간이기도 했다.

학기가 막 시작된 삼월 초쯤이었다. 그때 까마귀는 젤라틴과 함께 표도르와 크로캅 중에 누가 더 강한지 떠들고 있었다.

"좀 조용히 좀 하자!"

그 말을 자주 하던 피제이가 그때도 그렇게 말했다.

"응, 오케이!"

까마귀는 애써 밝은 척 말하고는 목소리를 줄였다. 속삭임보다는 조금 큰 정도였는데, 그 목소리의 크기는 까마귀가 지켜야 할 위신의 크기였을 것이다.

"아, 씨발! 셧 더 뻐겁!"

피제이는 다시 버럭 소리를 질렀다. 교실은 더욱 조용해졌고, 물론 까마귀도 입을 다물었다. 하지만 늦은 것이어서 피제이는 까마귀를 호출했다.

"조용히 좀 하자. 나 공부하잖아."

농담이나 그런 게 아니었다.

피제이는 그 누구보다 공부에 열심이었다. 똥통이라 불리는 우리 학교에서는 실제로 월등한 성적이었다. 유학을 다녀와서 1학년 2학기 때 어쩔 수 없이 편입을 한 것이라는 소문이 있었다.

"미안, 공부하는 줄 모르고."

까마귀는 한껏 미안한 표정이었다.

"뻗쳐."

하지만 그런 표정은 피제이에게 통하지 않았다.

"엎드려 뻗치라고."

피제이는 책상 서랍 속에서 사람 팔만 한 길이의 나무 봉을 꺼냈다. '관광 기념'이라고 적힌 박달나무 봉이었다. 손잡이 반대쪽에는 우둘투둘한 돌기도 있었다. 발바닥을 지압하는 그런 용도인 것 같았다.

"이제 조용히 할게."

"왜? 셀프 리스펙트가 상해서 그래?"

나는 나중에 그 셀프 리스펙트라는 단어가 궁금해 뜻을 찾아봤다. 사전에는 자존감, 자존심이라고 나와 있었다. 나중에는 훨씬 덜했지만, 그때까지만 해도 피제이는 영어를 꽤나 많이 썼었다.

"난 너를 모욕하려는 게 아니야. 그러니까 체벌에 익숙한 한국식 교육 방법을 쓰는 거지. 말로 해서 안 들으면 맞으면 들을 거 아냐?"

"아니야. 이제는 잘 들을게."

까마귀는 간절한 목소리로 말했다. 하기야 거기서 그걸로 엉덩이를 맞기보다는 간절한 목소리를 내는 게 백번 나은 일이었다.

나는 생전 처음으로 까마귀가 조금 짠했다.

"안 돼!"

그런데도 피제이는 그렇게 말했다.

까마귀는 울상이 되었다.

"와, 울겠다. 울겠어. 농담이야, 인마!"

피제이는 농담이라며 크게 웃었다.

내 생각으로 그런 과정은 학년 초에 있기 마련인 일종의 서열 정리였다. 물론 까마귀에게 한 것은 아니었고, 반 애들에게 한 것이었다. 내가 1등이긴 한데, 2등과는 까마득히 차이가 나는 1등이다. 뭐 그런 의미의 서열 정리였다.

"뻐터 발음 죽이네!"

그런데 그 서열에 끼고 싶어 하는 애가 있었다. 신가리 말고도 또 한 명의 성적 열외자, 군만두였다. 까무잡잡한 피부와 운동 때문에 부풀어 오른 귀가 만두 모양이라고 해서 그 애의 별명이 군만두였다.

앞에서 말했듯이 신가리는 우리의 평가 제도가 점수를 매길 수 없는 천재의 느낌이었다. 반면에 군만두는 우리의 평가 제도가 굳이 신경을 쓰지 않는 열외자, 즉 운동부였다.

우리 학교에는 더 이상 신입생을 받지 않는다는 레슬링부가 있었다. 군만두도 그 레슬링부의 몇 안 되던 부원 중 한 명이었다. 훈련을 하기는 하는지 꼬박꼬박 오후 수업은 빠졌는데, 우리 레슬링부가 대회를 나갔다는 말은 들어 본 적이 없었다.

그때까지만 하더라도 군만두는 우리 반이었다. 다시 말해, 스카우트가 됐다며 도망치듯 전학을 가기 전이었다.

그 군만두를 향해 피제이가 천천히 걸어갔다.

"뻐터 노, 버러. 버러."

농담을 하면서였다.

"발음 녹네. 녹아."

군만두도 피제이를 향해 걸어갔다.

"미쿡에서는 총도 쏘고 그런다면서? 그게 니 총이야? 물총?"

피제이의 손에 들린 나무 봉을 가리키며 군만두가 농담을 했다.

"그 물총으로 내 대가리도 한 번 갈겨 봐. 자, 자!"

군만두가 머리를 들이밀었다.

"응."

피제이는 대답했고, 그 대답대로 행동했다.

퍽, 그 끔찍한 소리는 아마 상상이었을지도 모른다. 하지만 나는 그 소리를 들었고, 군만두는 쓰러졌다.

나머지 마무리는 까마귀가 했다. 처음에는 우리처럼 당황한 기색이던 까마귀는 군만두가 끄응 하고 몸을 일으키자 화색이 돌았다. 그 다음에는 냅다 달려들더니 시체를 뜯는 까마귀처럼 군만두를 마구 짓밟았다.

주변의 애들이 말리자 이거 놓으라며 악을 쓰기도 했다. 그러다가 까마귀는,

"그만해라."

피제이의 혼잣말 같은 그 말에는 뚝 멈췄다.

"봐 봐. 이렇게 말로 할 때 들으면 얼마나 좋아."

"그러니까 말이야."

"이런 건 라스베가스에선 상상도 못할 일이야."

피제이가 자주 쓰는 유머였다. 유치한 유행어지만, 자신이 쓰면 스스로를 낮추는 수준 높은 유머가 된다고 언젠가 말한 적이 있

44

었다.

"꺄하하하하!"

까마귀가 혼신을 다해 웃었다.

"컥, 컥!"

사레까지 들렸다.

"별로 재밌지도 않은 걸 가지고⋯⋯."

피제이는 그 모습을 만족스러운 눈빛으로 바라보더니 얼마 뒤에 말했다.

"너 웃는 게 꼭 까마귀 같다. 생긴 것도 까마귀고."

까마귀라는 별명이 탄생하는 순간이었다.

"까마귀가 뭐야, 까마귀가? 이 부리로 콱 쪼아 버린다."

까마귀는 그렇게 말하며 피제이의 등을 쪼아대는 시늉을 했다.

그것은 미국식 유머였는지 피제이는 배를 잡고 웃었다. 그 웃음보다 더 큰 소리로 까마귀도 따라 웃었다. 그러다가 그 애는 피제이의 눈치를 슬쩍 보면서 말했다.

"내가 까마귀면 넌 폴 존슨 하면 되겠네."

"왜?"

피제이가 웃음을 그치고 물었다.

"아니, 그냥⋯⋯. 나보고 까마귀라고⋯⋯. 니가 다닌 중학교가 폴 존슨이라고 하니까⋯⋯."

까마귀는 안절부절못하면서 딱히 이유를 대지 못했다.

이유가 있을 리 없었다. 까마귀에게 중요한 건 그 별명의 뜻이나 이유가 아니었다. 아마도 그 별명을 자신이 지어 줬다는 타이틀이 중요했을 것이다.

"그래? 그럼 폴 잔슨보단 피제이가 낫겠다. 이니셜이거든. 다 그렇게 불러."

피제이가 그렇게 자신의 별명을 직접 지었다.

그 애가 다닌 중학교가 폴 존슨인지 폴 잔슨인지는 몰라도 유학을 다녀왔다는 사실은 꽤나 알려져 있었다. 소문을 통해서였다.

피제이도 신가리만큼이나 많은 소문이 따라다녔다. 중학교 때 사고를 쳐 일 년 정도 유학을 다녀왔다는 것, 그 애의 엄마는 계속 미국에 두고 싶어 했지만 아버지의 뜻으로 다시 돌아왔다는 것, 외할아버지가 이름만 대면 다 아는 라면 회사의 회장님이라는 것 등이었다.

그렇게 싸움 아닌 내용들도 많다는 점은 신가리와 조금 달랐다. 성적이나 집안 환경은 둘째치더라도 학교에서의 태도 역시 큰 차이가 있었다. 신가리는 가끔 학교에 와서도 종일 잠만 잤다. 그것과는 다르게 피제이는 애들의 이것저것에 꽤나 신경을 쓰는 편이었다.

나는 그 관심이 그리 싫지만은 않았다. 어차피 나는 당하는 입장이었고 피제이 정도면 나까지 신경 쓸 일이 없었다. 착한 사장이건 악독한 사장이건 평사원에겐 따뜻한 미소를 보내기 마련이었다.

전학생도 피제이에게는 평사원 정도였다.

"좀 조용히 좀 하자. 왜 아무것도 모르는 애를 건들고 그래. 불쌍하게."

"아니, 그게 아니라, 너도 들었잖아. 이 새끼가 나보고 별로네 어쩌네 하는 소리."

까마귀는 볼멘소리를 냈다.

나는 그 반응을 이해할 수 있었다. 하지만 전학생의 반응은 이해하기 힘들었다.

"친구끼리 욕도 하고 그러는 거지, 뭐. 피제이 너도 너무 신경 쓰지 마."

전학생은 굳이 그렇게 말했다. 탈출구를 제 손으로 잠가 버리는 꼴이었다.

"그리고 내가 왜 불쌍한 놈이야? 취소해 줄래?"

더구나 탈출구의 반대 방향, 불구덩이 속으로 냅다 뛰어들었다.

그 말에 피제이는 허허 헛웃음을 지었다.

"이 씨바 새끼가 오냐오냐 해 줬더니……."

까마귀가 피제이의 눈치를 살피며 대신 나섰다.

"야, 그만해. 내가 잘못했잖아."

피제이다웠다. 전학생은 평사원보다는 신입사원, 신입사원보다는 똥사원 쪽에 가깝다는 사실을 파악한 것이었다.

그 애는 굳이 자리에서 일어나 전학생에게 다가가는 아량까지 베풀었다.

"취소할게. 내 생각이 짧았어."

피제이는 전학생에게 악수를 청하는 손을 내밀었다.

그러고 보면 전학생도 대단했다. 이러니저러니 해도 그 손을 맞잡으면 모든 게 끝이었다. 갈굼 방지권, 까임 방지권, 건드릴 필요도 없는 미친놈으로서의 위치를 차지하게 되는 순간이었다.

어쩌면 이 모든 걸 계산한 게 아닐까? 그럼 천잰데. 나는 의심까지 했다. 하지만 나의 의심은 몇 초도 가지 못했다. 전학생은 천재도 똥사원도 아니고 그냥 미친놈이었다.

"무슨 드라마 찍니? 손을 왜 내밀어? 하하하!"

전학생은 배를 잡고 웃었다.

"너 되게 멋진 놈이구나. 오랜만에 맘에 드는 친구를 만났어!"

전학생이야말로 그렇게 드라마 속 주인공 같은 대사를 내뱉었다. 그러면서 그 애는 피제이의 손을 두 손으로 덥석 잡았다.

"생각이 짧았다는 너의 사과 받아들이겠어! 멋진 놈이구나, 너. 그 유머 감각은 또 어떻고? 하하하!"

까마귀는 이러지도 저러지도 못하고 난처한 표정만 짓고 있었다. 피제이는 미소를 지었을 뿐 별다른 표정의 변화는 없었다. 하지만 나는 피제이가 자기 자리로 돌아가면서 까마귀에게 하는 말을 그냥 흘려들을 수 없었다.

"저녁 시간에 매점이나 가자. 애들이랑 같이."

그 말을 들은 까마귀는 고개를 숙였다. 나 역시 그 말의 의미를 알고 있었다.

보충수업이 끝나고 나는 각 반을 돌았다. 매점에 가자는 피제이의 말을 전하기 위해서였다. 물론 나는 그 멤버에는 끼지 못해서 그냥 까마귀의 심부름을 하는 것뿐이었다. 거기 매점에 가는 애들은 나와 정반대되는 애들, 그러니까 소위 잘나간다는 애들이었다. 동시에 선인장의 구성원들이기도 했다.

얼핏 듣기에는 무슨 문학 동아리 이름 같기도 한 선인장은 '인장'이라는 줄임말로 흔히 불렸다. 특히 거기 들어간 애들이 스스로를 그렇게 불렀다. '나 선인장이야'보다는 '나 인장이야' 하는 게 뭔가 있어 보이기는 했다. 그리고 그 말은 꽤 효과가 있었을 것이다.

그 선인장이 언제부터였는지는 모르지만 꽤나 긴 역사와 전통을 자랑한다는 건 분명했다. 우연히 중학교 시절의 친구를 만나 학교 얘기를 하면 그 애들은 꼭 선인장에 관해 묻고는 했다. 택시를 탔는데, 마흔은 넘어 보였던 그 기사님이 내내 선인장에 대해 떠든 적도 있었다. 그 시절 인장 애들이 시내를 다 잡았지만 자기 동기들이 '워낙 야무져서' 매번 큰 싸움이 벌어졌다는 이야기였다.

"그때 내가 선배들한테 그랬어. 쟤들이 야무져봤자 얼마나 야무지겠냐. 아무리 똥통이라도 인문계 아니냐. 우리 공고, 우리 데

블스의 자존심을 보여주자. 딱 그런 거야. 어후, 그다음부터는 말도 마. 아주 그냥 몽키스패너에 빠루. 그 새끼들은 더 비겁해서…… . 아, 학생은 선인장 아니지? 하하하."

기사님은 백미러로 나를 쓱 훑어보더니 자기 맘대로 결론을 내렸다. 뻥을 칠까 말까 잠깐만 고민하다가 그냥 포기했다. 나와 인장의 공통점은 교복 말고는 없었다.

내가 그런 인장 애들과 교류가 있을 리는 없었지만, 그 애들의 얼굴은 익히고 있었다. 까마귀의 심부름으로 매점에 모이라는 말을 전한 게 벌써 여러 번이었다.

매점에 모이라는 그 말이 진짜 매점에 가자는 소리는 아니었다. 그것은 일종의 집합 명령이어서 그 집합 명령은 주로 피제이가 내렸다. 피제이가 우리 학년의, 그러니까 우리 기수의 대가리였다.

텔레비전에서 하는 말로 치면 '짱' 정도가 적당한 단어였는데, 우리는 보통 '대가리'라고 불렀다. 두 단어 사이에는 미묘한 어감 차이도 있었다. 짱은 김 사장님, 박 사장님 할 때 붙는 그 사장님의 느낌이었다면, 대가리는 김 대표님, 박 대표님 할 때의 그런 느낌이었다. 간단히 말해 대가리라는 단어가 무언가 더 은밀하고, 무언가 더 구체적이었다.

그 대가리가 소집한 집합에 내가 낄 일은 없었다. 그래서 거기서 무엇을 하는지는 모르지만, 짐작은 할 수 있었다. 거기를 다녀

온 까마귀는 대부분 엉덩이를 슬슬 문대면서 어기적거리는 걸음을 걷기 마련이었다.

그날도 마찬가지였다. 저녁 시간이 다 끝날 때쯤 들어온 까마귀는 엉거주춤한 자세로 자리에 앉았다. 젤라틴과 돌고래가 위로인지 무엇인지 말이 많았는데, 까마귀의 그 삐딱한 시선은 전학생을 향해 있었다.

까마귀의 행동은 다음 날부터였다. 노골적이지는 않았다. 의자를 빼서 넘어뜨린다거나, 도시락을 엎지른다거나, 뒤통수를 때린다거나, 체육복을 벗긴다거나. 그런 종류의 은근함이었다.

"미안. 장난이야, 장난."

물론 그 은근함이 장난이라는 그 말과 어울리지는 않았다. 하지만 전학생은 그 말을 믿는 건지, 믿고 싶어 하는 건지 이렇다 할 반격을 하지는 않았다.

그런 장난 같지 않은 장난이 삼 일인가 사 일인가 이어졌을 때였다.

"그만하라고 했지?"

처음으로 전학생의 반응이 달라졌다.

"뭘?"

"이게 이 학교의 장난법인가 하고 생각도 해봤는데. 뭐, 나는 싫으니까 나한테는 그런 장난 하지 마."

전학생은 도시락을 까먹으려다가 포크를 다시 내려놓았다.

"그러니까 뭘?"

"또 도시락 엎으려고 그런 거잖아."

우리는 원래 급식을 먹었다. 하지만 식당을 새로 짓느라 1, 2학년이 순번을 정해 도시락을 쌌고, 그즈음은 우리 차례였다. 전학생의 반찬통에는 김치볶음의 윤기가 반지르르했다.

"아닌데. 와! 이 자식 피해 의식 쩐다."

"내 말이! 옆으로 지나가지도 못하겠네."

젤라틴도 거들었다.

"이건 피해 의식이 아니야. 너희가 그동안 한 게 있어서 반응을 한 거지. 당연한 거야."

"그래. 그러니까 피해 의식."

까마귀가 재미있다는 듯 웃었다.

"그게 아니라니까! 너희가 말하는 피해 의식이라는 게 열등감이나 근거 없는……."

전학생은 자신의 행동을 설명하기 위해 노력했다. 붉게 달아오른 그 얼굴도 처음 보는 종류였다.

그럴수록 까마귀는 신을 냈다.

"쩐다 쩔어. 피해 의식."

유리 턱을 발견한 권투 선수처럼 계속 같은 곳을 공격했다.

전학생은 계속 피해 의식의 정의에 대해 말이 많았다. 실제 예를 들어 이번 경우와 다른 점을 설명하기도 했다.

찬찬히 들어보니, 억울해하기보다는 답답해하고 있었다.

"이렇게까지 설명해 줘도 어떻게 모를 수가 있는 거야?"

전학생의 얼굴이 더 빨갛게 달아올랐다. 그러더니 "후유" 한숨을 쉬었다.

"관두자."

전학생은 체념한 듯 말했다.

"캬하하하!"

까마귀는 승리감에 젖어 크게 웃었다.

"그럼 너 피해 의식 있는 거지? 인정했다?"

까마귀는 까마귀다운, 그러니까 조금 유치하지만 나름 효과적인 결정타까지 날렸다.

"그래, 그래. 니 말이 맞아."

전학생은 피식 웃었다.

결정타인 줄 알았더니 헛방이었다.

"아닌 건 아닌데, 그냥 까마귀 너는 그렇게 생각해."

"화났냐? 화났네. 피해 의식도 부족해서 속은 밴댕이네. 캬하하."

까마귀의 말에 전학생은 별 반응을 보이지 않았다.

승기를 잡은 까마귀에게는 별 상관없는 일이었다. 젤라틴과 주거니 받거니, 피해 의식이 심한 데다 속까지 좁은 전학생에 대해 말이 많았다.

얼마 동안은 반응을 하지 않던 전학생이 "하아" 한숨 비슷하게 크게 숨을 쉬었다. 그러더니 물었다.

"너 무식에도 등급이 있는 거 알아?"

까마귀는 대답하지 않았다.

"어? 무슨 등급인데?"

대신 돌고래가 물었다.

"말 그대로 아는 게 없어서 무식한 등급이 4등급이야. 그런 의미에서 우리는 다 4등급이지. 근데 논리까지 없으면 진짜 무식한 거야. 답답하거든. 아는 거 없고 논리까지 없으면 걔들은 3등급이고."

돌고래가 이해를 하기는 했는지 고개를 끄덕였다.

"봐, 너는 알잖아. 돌고래 니가 그 3등급 정도 되겠다. 그러니까 3등급까지는 괜찮아. 덜 무식한 사람 말을 들으면 되니까. 책도 있고 뭐 많잖아. 근데 그게 쉬워? 그래서 틀린 자기 생각이 맞다고 생각하는 진짜진짜 무식한 사람이 되거든."

전학생은 까마귀를 은근한 말로 비난했다. 적어도 그때까지는 그렇게 생각했다. 하지만 직접적인 비난이었다.

"그게 2등급이야. 무식한 자기 생각을 맞다고 생각하는 거. 그때부터는 답답한 게 아니라 그냥 불쌍한 거야. 까마귀 봐 봐. 불쌍하잖아. 저 정도 무식은 불쌍한 거야. 평생 무식하게 살면서 그 무식을 모르니 얼마나 불쌍하냐?"

이제는 까마귀의 얼굴이 붉어졌다. 그것을 신경 쓰지 않으며 전학생은 말을 쉬지 않았다.

"그런데 그 2등급이 불쌍한 이유가 또 있어. 이건 1등급이랑 상관이 있는데 1등급 무식이 뭔 줄 알아? 그 1등급이란 건 말이야."

하지만 전학생은 설명을 끝마치지 못했다. 대신 "헉!" 하는 외마디 비명과 함께 얼굴을 감쌌다.

언제부터 들고 있었는지 까마귀의 손에는 포크가 들려 있었다. 도시락을 먹기 위해 올려놓았던 전학생의 포크였다. 그 포크에 묻은 피는 보이지 않았다. 하지만 전학생의 뺨에서는 세 줄기의 피가 흐르고 있었다.

너무나 갑작스런 상황에 우리 모두는 놀랐다. 가장 놀란 사람은 까마귀였다.

감당하지 못할 일을 뭐 하러 저질렀을까? 까마귀는 파랗게 질린 얼굴로 더듬거렸다.

"괘…… 괜찮아?"

다행히 전학생은 쓰윽 일어났다. 뺨에서 흐르는 피까지 쓰윽 닦더니 까마귀를 가만히 쳐다보았다.

"사과하면 괜찮고 사과 안 해도 괜찮고. 그런데 사과 안 하면 너 역시 피를 보게 될 거야. 아, 물론 그 피는 진짜 피가 아니라 일종의 비유 같은 건데. 알지? 보통 그러잖아. 피를 본다고. 물론 정권을 제대로 맞으면 피가 날 수도 있어. 우리 관장님 얘기까지 들어가면 얘기가 길어지는데……."

"알았어, 알았어!"

까마귀는 황급히 전학생의 말을 끊었다. 물론 전학생의 협박이 통한 건 아니었다. 그 일을 수습할 수 있다면 뭐라도 했을 것이다. 그런데도 까마귀는 잘못을 빌지 않고 누군가의 눈치를 살폈다.

그 누군가는 피제이였다. 그 애가 다가오는 동안 입만 달싹였을 뿐 까마귀는 아무 말도 하지 못했다. 피제이의 손에는 관광 기념이라고 적힌 그 나무 봉이 들려 있었다. 그런데도 전학생은 돌아가는 상황을 파악하지 못하는 듯했다. 팔짱까지 떡하니 끼고 사과를 들을 준비를 하고 있었다.

나는 무슨 일이 벌어질지 짐작하고 있었다. 대신 '설마'를 반복하며 스스로를 다독였다. 그렇다. 외면했던 것이다.

풀스윙이었다.

그러니까 고등학생다운 무자비함이었다. 그리고 피제이다운 잔인함이 이어졌다. 쓰러진 전학생을 향해 그 애는 몇 번이고 계속 그것을 휘둘렀다. 머리, 머리를 감싼 손, 몸통, 가리지 않았다.

나는 무서웠다.

그래서 나서지 못했다. 로댕도 무서웠을 것이다. 하지만 그 애는 피제이를 힘껏 껴안았다. 그것을 신호로 몇 명이 더 피제이를 껴안았다.

피제이는 우뚝 행동을 멈추더니 말했다.

"담임 불러와."

감정 없는 목소리였다.

내가 할 일이었다. 나는 후다닥 뛰어나갔다.

　어느새 교실 창문에 다닥다닥 붙어 있던 다른 반 애들이 내게 길을 터 주었다. 나는 힘껏 달렸다. 많이 달릴 필요는 없었다.

　저만치에서 담임이 뛰어오고 있었다.

# 신가리와 할머니

전학생이 담임에게 업혀 나간 뒤로, 며칠 동안 그 애를 볼 수 없었다. 피제이도 마찬가지였다. 정학을 당해 체육 교사실에서 종일 반성문을 쓰는 중이라고 했다. 전학생에 대해서는 별말이 없었다. 병원에서 입원 중이라는 그럴듯한 소문이 돌 뿐이었다. 보통 그런 소문은 친한 친구의 입을 통해 진위가 밝혀지기 마련이었지만, 이제 막 전학 온 전학생은 그것이 쉽지 않았다.

얼마 뒤에 나는 직접 그 소문을 확인할 수 있었다. 담임의 호출로 교무실에 갔더니, 담임은 나에게 전학생의 주소를 가르쳐 주었다. 집에서 휴양 중인 전학생을 찾아가 보라는 것이었다. 그러면서 담임은 프린트물이며 문제집이며 그런 것들을 잔뜩 안겨줬다.

굳이 따지자면 내가 가장 친한 친구구나. 누구를 통해 알았을까? 첩자를 심어 두었다는 소문이 사실일까?

그런 쓸데없는 생각들은 교문을 나서자마자 금세 사라졌다. 하지만 마음 한구석에 달라붙은 찜찜함은 떨치기가 쉽지 않았다.

로댕이 피제이를 붙잡았고, 누군가는 놀라 소리쳤고, 나머지는 인상을 찌푸렸다. 나는 그때 무엇을 했나? 오히려 애써 묻어두었던 그 찜찜함이 슬그머니 기어 나왔다. 자율학습을 알리는 종소리가 들렸고, 해는 지기 전이었다.

담임이 그려준 약도는 꽤나 자세했다. 어떻게 알았는지 헷갈리는 장소에는 주의 사항까지 적어 놓았다. 그 덕에 길을 묻는 건 편의점에서 한 번 정도로 충분했다.

그 편의점에서 오른쪽으로 틀면 보이는 '초록마을', 어디서나 볼 수 있는 그런 아파트 단지였다. 그 안이라고 다르지 않아, 슬리퍼가 엉클어진 현관부터 잡다한 물건들로 채워진 거실의 장식장까지 모든 게 평범했다. 전학생의 엄마는 그 애의 학교생활을 걱정하며 내게 여러 가지 질문을 던졌다. 야근 때문에 집에 없다는 아빠도 나의 부모님과 다르지 않았다.

무엇을 기대한 건 아니었다. 하지만 그런 평범함이 예상과 달랐던 것도 사실이다. 굳이 특이한 점을 찾자면 전학생의 방을 가득 채운 책들 정도였다. 전집류나 참고서는 보이지 않았고, 대부분 단행본이었다.

전학생은 그 책들 중 한 권을 읽고 있었다.

"이 책 야하다."

그 애의 어머니가 방에서 나가자마자 전학생은 말했다.

"인터넷 안 돼?"

인터넷이 바다라면 거기 내용들은 물고기였고, 그 물고기들 중 태반은 야한 물고기였다. 그런데도 전학생은 고작 책을 가리키며 발그스레 웃었다.

"내가 꽤나 보수적인 사람이거든."

전학생이 말했다.

"당나귀 몰라? 무료야!"

"맛이 다르다니까. 맛이."

『풍속의 역사』라는 그 책에서는 무슨 맛이 날까? 궁금했지만 나는 나의 본분에 충실하기로 했다.

"몸은 좀 괜찮아?"

전학생의 겉모습은 엉망이었다. 이마에 붙은 거즈가 두꺼웠고, 목과 팔에는 가래떡 모양의 파란 멍 자국들이 보였다.

"괜찮겠냐?"

전학생은 침대에서 내려와 벽에 등을 기대앉았다. 겉보기와는 다르게 행동이 크게 불편해 보이지는 않았다.

"악으로 깡으로 버티는 거야. 무도인의 자존심이지."

전학생은 쓰윽 일어서더니 책상 서랍에서 무언가를 꺼내 보였다. 킥복싱 학원의 등록증이었다.

"그럼 너 싸움 잘해?"

"싸움? 너 방금 나한테 싸움 잘하냐고 물어봤어? 허허, 격투가에게 싸움이라……."

"그럼 격투가는 싸움 잘 못해?"

나는 장난삼아 물었다.

"못하는 게 아니라 안 하는 거지!"

"그럼 격투가로서 기술 하나만 가르쳐 줘."

나는 전학생의 기분도 맞춰 줄 겸, 어색한 분위기도 풀 겸, 겸사겸사 말했다. 그때의 미안함이 괜히 걸려서였다.

"우선 기초가 중요한데 말이야."

전학생은 시범을 보이겠다며 자리에서 일어났다. 그러더니 괜히 고개를 절레절레 흔들었다. 워낙 어려워서 보여주나 마나 따라 할 수 없다는 것이었다.

"그냥 내가 주먹 쥐는 법부터 가르쳐 줄게."

전학생은 주먹 앞면을 평평하게 만들어야 한다고 했다. 내 주먹을 교정시키며 손가락 하나하나를 굽혀 주는 친절까지 베풀었다. 킥복싱에서도 쓰는지는 모르겠지만, 그런 주먹은 누구나 아는 주먹이었다. 다시 말해 중학생 때부터 우리끼리 줄기차게 떠들었던 그런 주먹이었다.

"그리고 허리를 써서 바로 날려버리는 거지. 무조건 선빵! 오케이?"

그것도 알고 있었다.

"상대방이 안 쓰러지면?"

괜한 심술에 나는 대답하기 곤란할 만한 질문을 했다. 하지만 전학생은 망설임도 없었다.

"그냥 휘두르는 거야. 허리, 정권, 이딴 거 생각하지 말고 그냥 휘둘러. 아마추어들은 이것저것 생각하면 몸이 굳거든. 그러니까 그냥 아무 생각 말고 휘둘러. 그러면 백이면 백 다 쓰러지게 돼 있어."

"그래도 안 쓰러지면?"

"그땐 말이야……."

대답을 하다 말고, 전학생은 후다닥 학원 등록증을 깔고 앉았다. 그것과 거의 동시에 방문이 열리며 과일 쟁반을 든 전학생의 어머니가 들어왔다.

왜 등록증을 숨겼는지는 어머니가 나간 뒤에 들을 수 있었다.

"엄마는 아직 몰라. 물론 학생으로서도 자식으로서도 잘못된 행동이지만 공부만큼이나 중요한 게 육체의 단련이니까. 책 한 권 값으로 건강을 살 수 있다는 걸 엄마한테 이해시키기가 너무 어려웠어."

문제집 값으로 킥복싱 학원을 등록했다는 이야기였다.

"시간은 있어? 일요일에만 나가?"

"시간은 안 중요하지. 양보다 질이잖아. 근데 학교 분위기는 어떠냐?"

전학생은 자세한 대답을 회피하며 학교의 상황에 대해 물었다.

반 애들이 간간이 그날의 여운이 담긴 대화를 나누긴 했지만, 특별히 설명할 만한 분위기 같은 것은 없었다. 그래서 나는 피제이의 근황을 전하는 것으로 대답을 대신했다.

"까마귀는 담임한테 엄청 맞았어. 피제이는 정학 먹고. 꽤 길다던데."

"알아. 담임이 두 번이나 왔다 갔어."

두 번 중 한 번은 피제이와 그 애의 부모님도 함께였다고 했다. 뻔히 짐작 가는 상황이었다.

"그냥 악수하고 끝냈어."

"치료비는?"

"건강보험 해서 한 삼만 원 나왔는데 그걸 받아서 뭐하겠냐? 그때 갖고 온 과일만 해도 몇십만 원어치라더라."

그제야 접시에 담긴 과일이 눈에 들어왔다. 복숭아인 줄로만 알았던 그것은 참 달았다. 모양만 알던 망고를 처음 맛보는 순간이었다.

"이딴 거 필요 없으니까 한 이천 달랠 수도 없고. 하기야 내 정신적 상처를 생각하면 한 이억도 부족한데. 그치, 웅? 운동한다는 놈이 그까짓 흉기 하나 못 당하고 말이야. 애들이 날 오해할 거 아니야. 아무리 흉기라지만."

전학생은 흉기라는 단어에 힘을 주며 말했다.

"너 알지? 원래 창이 얼마나 무서운 흉긴지? 맨손으로 칼을 이기려면 세 배의 실력이 필요하고 칼이 창을 이기려면 다시 세 배의 실력이 필요하다는 말도 있잖아. 야, 내가 아무리 운동을 했어도 피제이보다 아홉 배 셀 수는 없잖아. 에이, 내가 그 정도는 아니지. 하하하!"

피제이가 든 나무 봉은 칼보다 세 배나 강한 창으로 변해 있었다. 그 창의 위력을 설명한 전학생은,

"딴 애들은 창이 얼마나 무서운 줄 모를 텐데……."

말끝을 흐리며 나를 쳐다보았다.

그 시선이 부담스러워질 무렵에야 나는 그 눈빛의 의미를 알 수 있었다. 그래서 나는 그 요구에 응답했다.

"야, 그런 기습 공격이면 누가 버텨? 신가리도 나가떨어지지. 애들도 다 그 말 하더라."

"그래? 알고 있다고?"

전학생의 표정이 밝아졌다. 그렇게 환해진 전학생은 기습 공격의 무서움에 대해서도 말이 많았다. 그것까지 다 듣고 나서야 나는 하고픈 말을 꺼낼 수 있었다.

"그냥 퇴학시켜 달래지."

나의 말에 전학생은 의아해하는 표정을 지었다.

"왜?"

"아니, 그게 그렇잖아. 돈도 안 받을 거면 퇴학시켜 달래지. 막 입원한다고 하면서. 진단서도 몇 달짜리로 끊고. 그럼 좀 위로라

도 되지 않겠냐?"

"위로가 돼?"

전학생은 진짜로 나의 말을 이해하지 못하는 모양이었다. 상황이 우습기는 했지만, 피제이의 퇴학이 왜 정신적 보상이 되는가에 대해 나는 차근차근 설명했다. 설명의 요점은 복수에 관한 것이었다.

"에이, 그게 어떻게 복수가 되냐? 퇴학당하면 괜히 나만 찜찜하지."

"뭐 니가 정 그렇다면 어쩔 수 없는데. 그래도 죄를 지었으면 벌을 받아야지."

"그 말은 맞는 말이네. 나쁜 짓을 했으면 벌을 받아야지. 근데 그게 벌이 되겠냐? 전학 가든가 유학이나 가고 말겠지. 중학교 때도 그랬다면서?"

"어? 어떻게 알았어?"

"쭈쭈바가 그러던데."

쭈쭈바와 교류가 있었다니 의외였다.

"아무튼 걔가 고등학교 중퇴에 인생이 꼬인다고 무슨 위로가 되겠냐. 괜히 맘만 아프지. 뭐, 꼬일 리도 없고. 차라리 내가 그 애를 딱 이겨 버리는 게 낫지. 나는 걔를 이겨서 좋고, 걔는 자존심에 상처받아 벌을 받는 거고."

책값으로 익힌 킥복싱으로 피제이를 이길 것 같지는 않았다. 더욱이 공부에서 이길 리도 없었다.

"뭔 수로?"

그 질문에 전학생의 말문이 막힐 줄 알았다. 하지만 전학생은 미리 준비해 둔 생각이 있었다.

"학생회장."

"뭐?"

터무니없는 생각이었다. 아무리 인기투표만도 못한 회장 선거더라도 미친놈이 회장님으로 변할 확률은 없어 보였다.

"사실 피제이를 이긴다는 건 조그마한 의미밖에 없어. 뭐 그런 것들보다 더 중요한 건 내가 회장이 된다는 거야. 더 나은 학교를 위해 봉사하고 행동하면서⋯⋯."

"알았어, 알았어. 근데 무슨 수로 이겨?"

나는 지루함을 못 참고 전학생의 말을 끊었다.

"방법이야 많지. 공약이랑 선거운동이랑⋯⋯. 말이 나왔으니까 말인데 너 내 러닝메이트 해라."

러닝메이트? 많이 들어본 말이었다.

"그게 뭔데?"

"부회장 할 사람을 지명하는 건데⋯⋯. 미국 대통령이 선거에 나갈 때 부통령 될 사람 정해서 같이 나가는 거야. 그러니까 내가 회장에 당선되면 너는 부회장 되는 거지."

"싫어!"

나는 잘라 말했다.

"왜?"

몰라서 묻나? 예전에 둘째 삼촌이 그랬지. 군바리의 최우선 목표는 딱 중간만 하는 거라고. 나도 그래. 내 목표도 딱 중간만 하는 거야. 이미 한참 밑바닥이니까 그건 벌써 실패했어. 그래도 여기서 더 떨어지진 말아야지. 따까리와 미친놈은 대체 얼마나 최악인 거야?

"어차피 안 될 거 하기 싫어."

할 말이 많았지만, 그냥 간단히 말했다.

"안 떨어져. 우리가 이긴다니까."

"그래도 그냥 그래. 잘할 자신도 없고. 나보다 잘할 사람 많잖아."

"누구? 누가 있는데?"

오다리, 우랑이, 떡쇠, 꼽슬이, 닭, 숏다리…… 종일 댈 수 있을 정도로 그 수는 많았다. 문제는 전학생의 제안에 응해 줄 사람이 없다는 것이었다.

"……쭈쭈바?"

대답치고는 옹색스러웠다.

"……"

전학생은 대꾸가 없었다. 그러다가 말했다.

"그래도 쭈쭈바보다는 니가 더 괜찮지."

나는 그 잠깐의 침묵과 '그래도'라는 단어가 기분 나빴지만, 내색을 하지는 않았다.

전학생은 나를 설득하기 위해 열심이었다. 부회장으로서의 나의 자질을 칭찬했고, 선거 전략에 관해서도 열변을 토했다. 그래도 효과가 없자 전학생은 다른 방법을 들고 나왔다.

"너무하는 거 아니야? 좀 도와달라는데."

감정에 호소하는 방법이었다. 그것은 나름 효과도 있어서, 나는 조금 흔들렸다.

그 틈을 파고들며 전학생은 결정타까지 날렸다.

"사실 나 그때 좀 서운하긴 하더라. 물론 니 도움이 필요하지는 않았지. 니가 할 일도 없었고. 그래도 사람 마음이 어디 그래? 니가 잘못한 건 없어도 내가 막 서운해져 버리는데 그러니까 이번에 나 도와주면 그때 일은 깨끗이 잊는 거지 뭐. 어때? 괜찮지?"

전학생답게 직설적인 방법이기도 했다. 그리고 그 방법 때문에 나의 마음은 오히려 조금 편해졌다.

"뭔 소리야? 그때 담임 부르러 간 사람이 누군데?"

"야, 그게 날 생각한 거냐? 날 안다면 가만있었어야지. 그때 담임만 안 왔으면 피제이는 아주 그냥……."

"알았어. 미안해. 그냥 깨끗이 사과할게. 할 필요는 없지만."

"나 그 사과 안 받아. 보통 사과라는 게 하는 사람한테 유리한 제도거든. 때려놓고 맘도 편하고. 근데 맞은 놈은 그 사과를 받지 않으면 쪼잔한 놈이 된단 말이야. 그럼 받을 수밖에 없는데……."

우리는 그 뒤로도 몇 분간 사과를 받니 안 받니 티격태격했다. 그 말싸움의 끝에 나는 못 이기는 척 허락을 했다.

"알았어. 대신 그때 그 일은 잊어먹어."

"그럼 이제 우리 하는 거다?"

전학생은 활짝 웃었다.

"어쩔 수 없지, 뭐."

나는 시큰둥하게 대답했다. 하지만 사실, 가슴은 조금 두근거렸다. 정확하진 않지만 설렘에 가까운 것이었다.

다음 날, 전학생은 아침 일찍부터 학교에 와 있었다. 며칠은 더 쉬어도 됐을 텐데, 아마 선거 때문인 것 같았다.

"따까리야! 따까리야!"

전학생은 나를 보자마자 크게 손을 흔들었다. 그 손에는 종이 몇 장이 들려 있었다. 굳이 확인하지 않고도 뻔해서 그것은 추천인 명부였다. 나는 괜한 눈치가 보여 슬금슬금 딴청을 부렸다. 그럴수록 전학생은 재촉을 했다.

"아, 왜?"

더 많은 시선이 모이기 전에 나는 아무것도 모르는 척 전학생에게 다가갔다.

전날 밤 준비한 거라며 전학생은 명부를 내보였다. 프린터로 인쇄한 것도 아니었다. 자를 대고 직접 그려서 반듯하게 나눈 네모 칸들이 가지런했다.

"너희들 회장 선거 나가?"

언제 왔는지 쭈쭈바가 불쑥 끼어들었다.

가려운 곳을 잘 빨아 준다고 해서 쭈쭈바였다. 하지만 쭈쭈바보다는 상처를 덧내는 소금, 혹은 오지랖 정도가 더 나은 별명이었다.

주변의 관심이 우리에게 모였는데, 그것으로는 부족했는지 쭈쭈바는 더 큰 소리로 외쳤다.

"와! 까리랑 미친놈이 회장 선거 나간단다!"

창문 너머 복도에까지 들릴 만한 큰 소리였다. 나는 힐끔 까마귀의 눈치를 살폈다. 그 애는 슬쩍 웃었을 뿐 별 반응은 없었다.

전학생은 오히려 쭈쭈바의 넓은 오지랖을 반기는 눈치였다. 불쑥 의자 위에 올라서더니 밑도 끝도 없이 웅변을 하기 시작했다.

"친애하는 학우 여러분! 저는 여러분의 성원에 힘입어 이번 학생회장에 출마하기로 마음먹었습니다. 비록 제가……."

"그 성원 나는 안 보냈는데!"

"우~ 우~."

여기저기서 장난 섞인 야유가 터져 나왔다.

상관할 전학생이 아니었다. 그 애는 바지 주머니에서 주섬주섬 쪽지까지 꺼내 그것을 읽어 내려갔다. 전학생의 쩌렁거리는 목소리, 그리고 반 애들의 웃음과 야유가 뒤섞여 꽤나 소란스러웠다. 하지만 전학생이 연설을 마치고 꾸벅 인사를 할 무렵에는 모든 소리가 하나로 합쳐졌다.

"미·친·놈! 미·친·놈! 미·친·놈!"

반 애들이 한목소리로 미친놈을 연호했다. 물론 환호가 아닌

놀이였다. 그런데도 거기에 고무된 전학생은 이쪽저쪽으로 손을 흔들기에 바빴다. 나의 팔을 붙잡고는 자기처럼 의자 위에 세우 려고도 했다. 물론 나는 그것을 뿌리쳤다.

기분 좋게 마무리한 연설과는 달리 추천인 명부를 채우는 일은 쉽지 않았다.

"벌써 피제이한테 사인했어."

"차라리 내가 나가겠다."

"싫은데."

다른 듯 비슷한 이유에서였다. 그래도 그만한 이유라도 말해 주면 다행이었다. 아무 말 없이 멀뚱멀뚱 쳐다보기만 하는 애들 도 꽤 많았다. 그러면 나는 한껏 미안해하는 표정을 지으며 그 자 리를 피하는 수밖에 없었다.

물론 까마귀 같은 애들한테는 시도도 하지 않았다. 걔들은 그냥 방해만 하지 않아도 감사했는데, 다행히 그 애들이 괜한 시비를 걸 지는 않았다. 아마 전학생과의 껄끄러운 관계 때문이었을 것이다.

그날 저녁까지의 성과는 겨우 한 명, 로댕뿐이었다. 그것도 전 학생의 공이어서 나는 조금 자존심이 상했다. 그 애가 그런 마음 을 헤아릴 리 없었다. 자기는 전학을 왔으니 그렇다 쳐도 너는 다 른 반에 친구도 없냐며 날 비난했다.

"당연히 있지. 그래도 회장 추천인데 딴 반 애들은 널 모르잖아. 나를 보고 해 주는 건 진짜 추천이 아니지."

엉겁결에 한 대답이었지만, 그럴듯했다. 그리고 전학생은 그런 논리에는 쉽게 수긍하는 편이었다.

"에이, 그래도 그건 아니다."

그런데 언제부터 우리 대화를 듣고 있었는지 쭈쭈바가 또 끼어들었다.

"회장 추천도 되지만 부회장 추천도 되는 거잖아. 그러니까 회장단을 추천하는 거지. 널 추천한다는 건 니가 지지하는 회장을 지지한다는 말도 되고."

"그래. 쭈쭈바 말이 맞네. 그럼 얼른 나가서 받아 와. 아, 나도 같이 가자. 니 친구들한테 내 소개도 하고."

속 모르는 소리를 하는 전학생보다 뻔히 알면서 헛소리를 하는 쭈쭈바가 더 밉상이었다. 그것을 아는지 모르는지 쭈쭈바는 전학생을 빤히 쳐다보며 입을 열었다.

"그래서 말인데 내가 좀 받아다 줄까?"

응? 또 무슨 소금을 뿌리려고. 나는 의심의 눈초리로 쭈쭈바를 바라보았다. 하지만 쭈쭈바는 나름 진지했다.

"내가 규율부장 할게. 니가 회장, 까리가 부회장, 내가 규율부장. 그래야 추천도 받을 수 있는 거고. 회장에 대한 추천이 아니라 회장단에 대한 추천이니까."

나는 우리 학교에 규율부장이라는 직책이 있는지 그때 처음 알았다. 하지만 전학생은 벌써 알고 있는 사항이었다. 학생회에는 규율부, 환경부, 홍보부, 총무부 등의 부서가 있다고 했다. 그리고 그 부서의 장은 학생회장이 추천하고, 교장의 승인을 받아 임명된다는 말도 덧붙였다. 다시 말해 쭈쭈바는 규율부장으로 내정받기를 원하고 있었다. 물론 전학생이 회장이 되지 못한다면 아무 의미가 없는 약속이었다.

"니가 잘할 수 있겠어?"

그런데도 전학생은 뻣뻣한 표정을 지으며 물었다.

"당연하지!"

쭈쭈바는 자신이 얼마나 규율부장에 적합한 인물인지 열심히 설명했다. 전학생은 진지한 얼굴로 고개를 끄덕이거나 가끔 질문을 하기도 했다.

"홍보부장이 더 잘 맞겠는데?"

"난 딱 규율부장이라니까. 힘으로 규칙을 강요하는 시대는 갔어. 나처럼 친화력으로 나가야지. 사랑이라니까, 사랑!"

쭈쭈바가 규율부의 활성화를 바라는 건지, 단지 감투를 원하는 건지 알 수는 없었다. 하지만 규율부장을 간절히 바란다는 사실은 분명했다. 추천을 받으려면 자신이 규율부장이라도 해야 하지 않겠냐며 은근한 압박까지 했다. 그런데 그 압박은 하지 않느니만 못했다. 선거에 안 나가고 말지 공익과 관련된 문제를 사사롭게 정할 수 없다며 전학생은 화를 냈다.

쭈쭈바는 얼른 손사래를 치며 다시 처음부터 설득을 시작했다.

지치지도 않고 설명하는 쭈쭈바와 지치지도 않고 듣는 전학생, 둘 모두 대단하다면 대단했다. 나야 멍하니 딴생각을 하는 수밖에 없었다.

"그럼 니 생각은 어때?"

그러다 전학생의 갑작스런 질문에 퍼뜩, 나는 다시 대화에 뛰어들었다.

"뭐가?"

"쭈쭈바 규율부장 하는 거, 니 생각은 어떠냐고?"

쭈쭈바가 초롱초롱한 눈빛으로 날 바라보았다. 그 눈빛이 아니더라도 반대할 이유는 없었다. 어차피 회장이 못 될 테니 부장도 못 될 테고, 되더라도 이름뿐인 부장이니 별 상관이 없었다. 난 찬성을 했고, 쭈쭈바는 좀 전보다 더 간절한 눈빛으로 전학생을 쳐다보았다.

"음, 널 잘 아는 따까리가 적극 추천한다니까."

귀찮았던 나는 그 말에 굳이 반박을 하지는 않았다.

"그래, 믿어 봐. 잘한다니까!"

쭈쭈바는 벌써 부장 자리에 오르기라도 한 듯 신을 냈다. 그렇게 열의에 가득 찬 쭈쭈바는 다른 반으로 추천을 받으러 가겠다며 서둘렀다. 따라가겠다는 전학생은 나와 쭈쭈바 모두가 말렸다. 괜히 일을 꼬이게 만들 필요는 없었다.

그리고 얼마 뒤, 웃음 가득한 표정으로 나갔던 쭈쭈바가 시무

룩한 표정과 함께 돌아왔다. 그 애는 고개를 푹 숙였지만, 전학생의 혹독한 비난을 피하지는 못했다.

전학생이 한 명, 쭈쭈바가 자기 포함 다섯 명. 남은 숫자는 스물넷이었다. 시작부터 맞은 난관에 우리는 침울해졌다.

"다른 학년에서 받으면 되잖아!"

그 난관을 극복할 방법은 전학생이 찾아냈다. 추천인은 학교 재학생이면 가능하니, 다른 학년을 노리자는 것이었다. 묘수였지만, 기분이 그리 좋지는 않았다. 우리를 모르는 애들이니까 추천을 더 잘 해 줄 거야, 그런 기대가 왠지 씁쓸했다.

우리 지역은 평준화가 아니었다. 당연히, 내가 들어올 수 있었던 감영고등학교는 밑바닥 중에서도 밑바닥이었고, 그마저도 정원을 채우지 못해 아무나 받는다는 소문이 있었다. 큰 대 자를 붙여 교장 혼자 부르는 '대감영'보다 모두의 호칭인 '똥통 감영'이 훨씬 어울리는 학교인 셈이었다.

그렇더라도 보충수업과 자율학습은 명문고 저리 가라 할 정도로 빡빡했다. 선생들이 가욋돈을 벌기 위해서라는 말이 많았지만, 나는 이사장의 교육열이 높아서라는 말을 믿었다. 그 둘 중 어떤 이유에서건 등교 시간은 여덟 시까지였다.

나와 쭈쭈바는 아침 일곱 시에 정문에서 만났다. 나는 책받침과 볼펜까지 준비했다. 그래서 없는 건 용기뿐이었다.

"거……거기…….."

입속에서 무언가를 우물거렸을 뿐 누군가를 불러 세우기도 힘들었다. 그에 비해 쭈쭈바는 꽤나 능숙했다.

"야! 거기! 그래, 너 말이야 너."

사실 용기라기보다는 뻔뻔함에 가까웠다.

"너 1학년이지? 여기에 사인해."

"예? 그게 뭔데요?"

"이게 콱! 하라면 그냥 해."

"여어, 쭈쭈바. 너 거기서 뭐 하나?"

"가, 그냥 가."

"예?"

"그냥 빨리 가라고!"

그런데 그것도 쉽지만은 않았다. 우선 노란색 명찰의 1학년 중에서도 우리보다 키가 작아야 했다. 다시 그 애들 중에서 순진해 보여야 했고, 그 순진해 보이는 애가 인상이라도 쓰면 처음부터 반복이었다. 그런 여러 과정을 거쳐 최종 선발을 하더라도 끝이 아니었다. 누군가 알은체를 하면 그 애를 황급히 보내 줘야 했다.

결과적으로 나는 두 명, 쭈쭈바는 여섯 명을 성공했다. 전학생의 잔소리가 조금 걱정되는 상황이었다.

"괜찮아. 한 명도 못 받았어. 뭐 하러 3학년 교실에 간다고 고집을 피워 가지고 말이야. 안 맞고나 오면 다행이지."

쭈쭈바의 그런 예상과는 다르게 전학생은 흡족한 미소와 함께 우리를 기다리고 있었다. 그 애는 무려 이십 명이 넘는 3학년의 사인을 받아왔다. 어느 선배 한 명이 군만두를 아냐고 물어서 잘 모른다고 했단다. 그러자 그 선배는 그럼 신가리를 아냐고 물었고 전학생은 친한 친구라고 답했단다. 그러니까 그 형이 명부를 채워 줬다는 것이었다.

커다란 몸집에 험한 인상, 그 선배의 모습을 나는 상상할 수 있었다. 이미 벌어진 일이니 신가리의 귀에 들어가지 않기를 바랄 뿐이었다. 그런데 다음에 이어진 전학생의 말을 듣고서는 그 정도 문제는 문제도 아니라는 사실을 깨달았다.

"근데 신가리를 보고 날 추천한 거잖아. 그래서 내가 그랬어. 신가리한테 부장 한 자리를 맡기겠다, 그러면 선배님의 추천은 제대로 된 추천이다, 딱 그런 거야. 그 선배가 막 웃으면서 좋아하더라. 사실 너희들한테 말을 안 했는데, 나는 계속 신가리를 환경부장으로 생각하고 있었거든. 근데 딱 이런 일이 생겨 버리는 거야. 하늘의 뜻이란 거지. 하하!"

잔뜩 놀란 나와 쭈쭈바는 여러 가지 말로 전학생을 설득했다. 학교에도 잘 나오지 않는 학생이 부장이 웬 말이냐, 단지 추천을 바라고 너 스스로를 속인 건 아니냐, 학생들이 반감을 갖지 않겠느냐는 등의 말이었다. 비록 자기만의 방식이긴 하더라도 원칙과 논리에 충실한 전학생의 성향을 고려한 설득이었다.

그런데 그 자기만의 방식이란 게 문제였다. 불성실한 학생에게 책임감을 지운다면 모범생은 못 되더라도 어느 정도 성과는 있을 것이다. 이미 말했듯이 나는 신가리를 환경부장 감으로 생각하고 있었다. 하기 싫은 일에 애들을 동원해야 하는 환경부장이야말로 신가리에게 맞는 역할이다. 그런 답변들이 돌아왔다.

그럼 네 맘대로 하라며 쭈쭈바가 먼저 자리로 돌아갔다. 나 역시 곧바로 자리를 뜨려고 했지만, 그럴 수 없었다. 신가리의 집을 찾아가겠다는 전학생의 말 때문이었다. 그것도 내일이나 모레가 아니라 오늘 당장이라고 했다. 나는 다급한 마음을 숨기고, 다가오는 토요일에 가자고 말했다. 자율학습도 수업이니 빠지면 안 된다는 설득이었다.

토요일이 되려면 며칠이 남았으니 그동안에 한 번은 신가리가 등교를 할 것이다, 그런 계산이었다. 그래서 네 말대로 할 테니까 함께 가자는 전학생의 말에 나는 얼른 고개를 끄덕였다.

그런데 하필, 이틀 걸러 한 번은 얼굴을 비추던 신가리가 그 주에는 소식이 없었다.

급해진 나는 다른 방법으로 전학생을 설득했다. 전화를 해 보자는 주장이었다.

"전화 때리자. 휴대폰으로 하면 되지."

"번호 알아?"

문제는 신가리의 번호가 우리에게 없다는 것이었다. 쭈쭈바도 모른다고 했다. 쭈쭈바가 모른다면 누구도 모른다는 말이었다.

토요일은 금방 다가왔고, 신가리의 전화번호는 못 구하던 전학생이 주소는 금방 구해 왔다. 이유를 설명했더니 담임이 '흔쾌히' 알려줬다고 했다.

담임이 알려 준 주소에 신가리는 들어가 있지 않았다. 그러니까 신가리의 집은 신가리가 아니었다. 거기 근처도 아닌 방대동이었다. 이사를 간 건지 아니면 잘못 붙은 별명인지 궁금했지만, 전학생과 의견을 나누지는 않았다. 기분이 그리 좋지 않았던 나는 가는 내내 입을 다물었다.

방대동은 한 번에 가는 버스가 없었다. 더욱이 신가리네 동네는 한참을 걸어가야만 했다. 비슷비슷한 단층 슬레이트 지붕들 속에서 또 적지 않은 시간을 보냈다. 그래서 신가리의 집에 도착했을 때는 저녁을 넘어 밤에 가까웠다.

"워메, 워메! 여기까지 왔는가? 우리 손주 볼라고 여기까지 왔어."

신가리는 없었고, 대신 신가리의 할머니가 우리를 한껏 반겨 주었다.

신가리가 없으니 발걸음을 돌리고 싶었지만, 전학생이 선수를 쳤다. 나는 쭈뼛쭈뼛 따라 들어갈 수밖에 없었다. 자기 집인 양 성큼 앞서가던 전학생도 나중에는 걸음을 늦춰야 했다. 허리가 잔뜩 굽은 할머니의 걸음이 빠르지 않아서였다. 그런 위태위태한 걸음으로 할머니는 우리를 별채로 안내했다. 텔레비전에서만 보던 그런 곳이었다.

마루 없이 바로 방으로 통했고, 단칸방인 듯했다. 옷걸이에는 할머니의 옷들과 반팔부터 점퍼까지 신가리의 옷들이 함께 걸려 있었다.

방 한쪽에 난 조그마한 문은 부엌으로 난 것이었다. 우리의 사양을 듣지 않고, 할머니는 그 문으로 나가 먹거리를 챙겨 오셨다. 큰 접시에는 식빵이 있었고 작은 접시에는 흑설탕이 있었다. 먹는 방법이 좀 헷갈렸는데, 전학생이 먼저 식빵을 설탕에 찍어 먹기 시작했다. 나도 그것을 따라 했다. 꽤 맛있었다.

우리가 빵을 먹는 동안 할머니는 신가리와 친하게 지내라는 말을 몇 번이고 반복했다. 그때마다 전학생은 그러려고 왔어요, 그러려고 왔어요, 라고 대답했다. 그런데 빵을 다 먹고 나서는,

"그러고 싶어도 걔가 학교를 나와야 말이지요."

라고 말했다.

"아이고메, 그넘이 자꾸 그런다 말이시. 그런께 친구를 만들어야 쓴다. 자꾸 이상한 사람들이랑만 어울려싸코……. 제발 우리 신가리랑 친하게 지내소. 친구도 좀 하면서."

"학교만 잘 나오면 친구가 어렵겠어요. 사실 지금도 친구예요. 대신 자주 보면 더 친해지는 건데 말이죠."

"워메, 고맙네. 글고 미안하네. 미안해."

할머니는 몸 둘 바를 몰라 했다.

"그러지 마세요. 할머님이 왜 미안해요? 걔가 철이 없는 거지.

할머니는 이렇게 고생을 하시는데."

거기까지는 괜찮았다. 하지만 전학생은 수위를 넘나들며 아슬아슬했다. 어떤 실수가 터져 나올지 몰라, 말이 길어질수록 나의 불안함도 덩달아 커졌다. 특히 이렇다 저렇다 앞뒤 설명이 없어서 매번 내가 끼어들어야 했다. 하지만 할머니의 기대를 평상심으로 돌려놓기는 쉽지 않았다. 전학생의 말이 어느 정도 이어졌을 무렵, 할머니에게 전학생은 벌써 회장님이었다. 그리고 그 회장님이 자신의 손주를 부장님으로 만들어주기 위해 직접 방문한 것이었다.

게다가 할머니의 반응에 기분이 좋아진 전학생은 지키지 못할 약속을 늘어놓기 시작했다. 물론 전학생에게는 그렇게 하겠다는 다짐이거나 할 수 있다는 자신감이었을 것이다. 하지만 그 애가 회장이 될 가능성은 턱없이 낮기만 했다. 더욱이 신가리가 착실히 학교를 나오는 일은 불가능에 가까웠다.

뒷감당은 어떻게 하려고 하나, 나는 더욱더 할머니에게 진실을 알리기 위해 노력했다. 또한 전학생에게는 그만하라는 눈치를 열심히 줬다. 그러나 두 사람 다 나를 신경 쓰지 않았다. 그래서 방문이 벌컥 열리고 신가리가 들어왔을 때, 나는 묘한 안도감을 느꼈다.

전학생의 시선은 나보다 한 박자쯤 늦게 방문을 향했다. 왜 자기가 신가리를 환경부장으로 신임하는가에 대한 열변 때문이었다. 아, 그제야 나는 더욱 악화된 상황을 깨달았다.

신가리의 얼굴에는 얼핏 당황한 표정이 지나갔다.

"아이고, 이눔아! 회장님헌티 퍼뜩 인사부터 드려야제."

할머니는 전학생의 눈치를 살피며 역성을 냈다.

"에이, 친구끼리 뭔 인사요. 괜찮아요."

"그래도 그게 아니네. 지킬 건 지켜야 써."

둘은 그 뒤로도 얼마 동안 신가리는 알아듣지 못할 대화를 나누었다. 그래서 결국에는 신가리의 시선이 날 향했다. 난 애써 그시선을 모르는 척 눈빛을 흐렸다.

그런 외면도 한계에 다다랐을 무렵, 다행히 전학생이 신가리의 관심을 다시 가져갔다.

"너 요즘 왜 학교에 안 나와?"

전학생은 다짜고짜 학생의 자세부터 이야기하기 시작했다.

그냥 잔소리였다. 의외로 신가리는 그 이야기를 무덤덤하게 들었다. 짜증의 표정이 잠깐 스쳐갔을 뿐, 환경부장을 맡으라는 말을 듣고서도 마찬가지였다.

하기야 신가리의 평소 분위기를 고려한다면 그런 모습이 이상하지만은 않았다. 돌이켜 보면 아이를 대하는 어른의 태도, 아이를 존중하는 어른의 자세는 신가리의 한결같은 모습이었다. 그런데 나는 신가리를 귀찮게 하는 아이를 본 적이 없었다. 전학생이 끊임없이 환경부장에 관한 이야기를 하기 전까지는 말이다.

"싫어. 그러니까 그만하자."

자기 말만 늘어놓는 아이도 본 적이 없었다. 전학생은 신가리의 반응은 살피지도 않으며 자기 할 말만 늘어놓았다. 추임새가 필요할 때면 할머니를 쳐다봤고, 할머니는 큰 소리로 동의를 하거나 신가리를 꾸짖었다.

"안 할 거니까 그만해."

더욱이 어른을 무시하는 아이를 본 적도 없었다. 왜 이렇게 철이 없냐며 전학생은 목소리를 높였다.

"내가 그만하라고 했지?"

신가리는 자리에서 쓰윽 일어났다. 내 몸이 나도 모르게 움츠러들었다. 하지만 전학생의 목소리는 더욱 커졌다.

"어딜 가려고? 환경부장이 맘에 안 들어서 그래? 너도 규율부장을 하고 싶은가 본데 그건 안 돼. 내 생각으로는……."

전학생은 말을 마치지 못했다.

신가리가 전학생의 목덜미를 덥석 잡았다. 밖으로 끌려 나가면 큰일이 난다. 나는 알 수 있었다. 전학생도 알았는지 잡히지 않는 방바닥을 할퀴어대면서 다급한 목소리를 냈다.

"할머니, 할머니, 할머니!"

그렇지 않아도 이미 할머니가 나서는 중이었다. 언제 준비했는지 손에는 파리채까지 들려 있었다.

"이놈아! 얼른 못 놓냐, 이놈아!"

할머니는 그 파리채를 다급하게 휘둘렀다. 그래 봤자 허리가 굽은 노인네의 매서움이었다.

움찔도 하지 않던 신가리는 한숨 비슷한 무언가를 휴, 뱉더니 전학생을 놓아주었다. 전학생은 네 발로 다다닥, 바퀴벌레처럼 재빠르게 할머니 옆으로 갔다. 그런 자신의 모습을 늦게나마 깨달았는지 머쓱한 표정이었다.

그런 표정으로 나를 힐끔 쳐다본 전학생은 갑자기 목소리를 높였다.

"야, 인마! 할머니 앞에서 버릇없이. 내가 그러니까…… 인마! 여기서 붙으면 방 안이 전부 박살이 나. 알겠어?"

떨리는 목소리까지 감출 수는 없었다.

"잘했네. 잘했어. 자네가 좀 참소. 저것이 저렇게 속이 없단 말이시."

할머니는 전학생을 칭찬했다. 그리고 신가리에게는 딱딱한 목소리를 냈다.

"넌 여그 와서 좀 앉아 봐라."

신가리는 순순히 할머니 앞에 자리를 잡았다.

"똑바로!"

할머니가 파리채로 탁탁 방바닥을 두드리자 신가리는 자세를 고쳐 앉았다. 무릎을 꿇은 것이었다.

할머니는 먼저 신가리에게 사과를 명령했다. 신가리는 신기할 만큼 할머니의 말에 고분고분했다. 아주 잠깐만 망설인 그 애는 미안하다며 손을 내밀었다. 전학생은 그 손을 냉큼 잡지 않았을 뿐만 아니라 고깝다는 표정까지 지었다. 그러다가 할머니를 봐서 용서한다는 말과 함께 그 손을 잡고 흔들었다. 그 모습을 흐뭇하게 바라보던 할머니는 신가리를 향해서는 엄한 얼굴이 되었다.

"너 회장님 도와서 부장님 할 것이냐, 말 것이냐?"

신가리는 말이 없어서 할머니가 다그쳐도 타일러도 묵묵히 듣기만 했다.

"너보고 내가 뭘 하락 하드냐? 돈을 벌어 오라고도 공부를 잘하라고도 안 했다. 착실허게 학교를 나가란 말도 안 했다. 어찌야쓰든 고등학교만 졸업하라고 했지. 안 그냐?"

체념하듯 목소리가 낮아져서야 신가리의 반응이 있었다.

"예, 졸업할게요."

"인자 거그다 부탁 하나만 더 하자. 이 할미가 우리 손주 부장님 되는 것 좀 보고 잡다. 그것만 보믄 소원이 없겄다. 소원이 없어서 당장 죽어도 여한이 없겄다. 응?"

신가리는 고개를 푹 숙였다.

"나도 우리 손주 자랑함서, 부장님 됐다고 자랑도 하고. 내가 딱 그럴 것이다. 여보소 동네 사람들, 부모 없이 키웠어도 우리 손주가 부장님이 돼 브렀소. 키 크고 잘생긴 우리 손주가 부장님까지 돼 브렀소 하고 말이다. 내가 그럼서 노인정 가서 한턱 내블란다. 우리 손주 자랑함서. 나도……."

할머니의 눈시울이 조금 붉어졌다. 나도 코끝이 찡했다. 그런데 전학생은 회장님 같은 표정으로 두 눈이 말똥말똥하기만 했다.

"예."

신가리가 조그마한 목소리로 말했다.

"한다고?"

"예, 할게요."

"워메, 잘했다. 워메, 우리 손주 잘했다."

그날 우리는 할머니가 차려 준 저녁밥까지 얻어먹고 왔다. 까 맣게 탄 달걀 프라이가 입맛에 맞지는 않았다. 전학생은 깍두기 가 맛있다며 밥을 두 공기나 먹었다. 그 애가 밥을 다 비우기를 기 다리는 동안 지루해할 필요는 없었다. 전학생이 아직 회장이 아 니라는 것을 할머니에게 열심히 설명해야 했기 때문이다. 내내 이해를 잘 못하던 할머니는 대통령 선거를 예로 들자 그제야 고 개를 끄덕였다. 그러면서도 할머니는 틀림없이 회장님은 회장님 이 될 것이니 걱정하지 말라고 말했다.

# 로댕과 춘방 씨

후보 등록의 마지막 고비는 담임의 추천일 것 같았다. 그런데 담임은 비웃음 비슷한 무언가를 내비친 거 말고는 추천서에 순순히 도장을 찍어 주었다.

"머리 한 번 깨지는 것도 괜찮네. 그치?"

쭈쭈바의 농담처럼 아마 그때 그 일 때문이었을 것이다.

선거운동원을 지정하는 일은 조금 골치가 아팠다. 며칠 뒤 담임이 건네준 인쇄물에는 선거 관련 규정들과 학생회의 역할 등에 관한 것들이 적혀 있었다. 거의가 아는 내용들이었고, 일곱 명의 운동원을 지정해야 한다는 내용 역시 마찬가지였다. 그런데 막상 일곱 명을 채우려니 적당한 이름이 없었다.

사정하여 끼워 넣은 로댕, 나, 전학생, 쭈쭈바, 신가리를 적으니 둘이 부족했다. 그래서 그 둘은 신가리의 이름을 팔았다. 우선 다른 반에서 적당한 대상을 골랐다. 그다음 신가리의 이름을 슬쩍 흘리자 일은 쉽게 풀렸다. 물론 신가리와 전학생은 그 일에 대해 알지 못했다. 아이디어는 내가 냈고, 진행은 쭈쭈바가 했다.

그 명단까지 제출했다고 해서 바로 선거운동을 시작할 수는 없었다. 규정에 의하면 투표일 이십 일 전부터 운동이 가능했다. 나에게는 그때까지 남은 시간이 왠지 지루하게 느껴졌지만, 다른 애들에게는 그냥 똑같은 하루였을 것이다.

그런 날들 중에는 나나 다른 애들 모두에게 가시방석 같은 하루가 있었다. 징계를 마친 피제이가 출석을 한 날이었다. 혹시 무슨 일이 터지지는 않을까, 그 불똥이 나에게 떨어지지는 않을까, 우리 반은 묘한 긴장감에 휩싸였다. 역설적이지만, 그날은 꽤나 떠들썩한 날이기도 했다.

아침에는 피제이를 반기느라 시끄러웠고, 담임의 조회 시간에는 전학생과의 악수를 축하하는 박수 소리가 높았다. 그리고 수업 시간, 선생님들은 꾸중을 가장한 환영을 하느라 호들갑스러웠다. 쉬는 시간이라고 다르지 않았다. 그 시간마다 애들은 피제이가 무언가를 저지를 것이라는 추측을 나누느라 웅성거렸다. 하지만 기대와 불안이 섞인 그 추측과는 달리 피제이의 액션은 없었고, 날이 갈수록 그런 웅성거림은 줄어들었다. 그렇게 전학생과 피제이의 사건이 애들의 관심에서 완전히 멀어져 갈 무렵, 그날이 다가왔다.

선거운동의 시작이었다.

"넌 그동안 대체 뭘 한 거야?"

그 시작은 전학생의 잔소리와 함께 출발하였다. 전학생은 자신의 포스터를 내보이며 목소리를 높였다.

우리는 선거 승리 전략 캠프라는 거창한 이름 아래 첫 번째 모임을 갖는 중이었다. 장소는 수돗가 옆 벤치였다. 먹으면 배탈이 난다는 소문 때문에 그 수도를 이용하는 애들이 별로 없었다. 껄렁대는 애들이 주로 모이는 소각장과 멀리 떨어진 곳이기도 했다.

참가자는 나, 전학생, 쭈쭈바, 로댕이었다. 로댕은 쭈쭈바가 끌고 온 것이었다. 선거운동원에 이름을 올린 만큼 너도 참석해야 한다며 데려왔다고 했다.

"로댕은 몰랐으니까 괜찮지만 우리는 그려 오기로 했잖아."

"시간이 없었어. 내일까지 그릴게."

시큰둥하게 답했지만, 나도 사실은 그려둔 게 있었다. 그것도 초등학생만도 못한 전학생의 그림보다는 훨씬 괜찮은 포스터였다. 괜한 쑥스러움에 내보이지 못하고 사물함 한쪽에 곱게 접혀 있을 뿐이었다.

"와, 자세가 안 돼 있네. 안 그래?"

전학생은 쭈쭈바에게 동의를 구했다.

"이게 뭐야. 그림은 그렇다 쳐도 슬로건이 틀렸잖아."

돌아온 건 불만이었다.

"뭐가 틀려? 주인공이 학생인 학교."

"학생이 주인공인 학교가 맞지."

"따까리야, 누구 말이 맞냐?"

엄밀히 말하자면 둘 다 틀리지도 맞지도 않았다. 전날까지 이어진 논쟁에서 쭈쭈바는 학생이 주인공인 학교를 하자고 했다. 사회문화 시간에 주워들은 국민이 주인인 나라의 변형이었다. 네가 웬일이냐며 전학생은 크게 칭찬을 했다. 그런데 그것보다는 주인공이 학생인 학교가 더 좋다는 주장을 펼쳤다. 학생이 주인공인 학교라는 뜻뿐 아니라, 주인공들이 모인 학교라는 뜻까지 두 개의 의미를 띤다는 주장이었다.

그 논쟁은 끝나지 않아 그날 아침까지 이어졌던 것이다. 오히려 그 논쟁은 더욱 사나워졌는데, 공간을 남겨둔 나와 다르게 그 둘은 각자의 구호를 채워왔기 때문이다.

"두 개의 의민지 뭔지 헷갈리기만 하잖아."

"그게 아니라 익숙하지가 않은 거야. 너 낯설게 하기라는 기법 알아? 모르지? 이게 그거야."

둘은 각자의 주장을 굽히지 않았고, 결국 쭈쭈바는 나에게 도움을 요청했다.

"그럼 우리 민주적으로 다수결 하자. 그럼 되잖아."

나는 여러 번 쭈쭈바의 의견에 지지를 표시했었다. 그것을 모를 리 없던 전학생은 다수결을 반대했다. 다수결은 하나의 방법이지 그 자체가 '민주적'이라는 단어와 같은 말은 아니라고 했다. 이번 사항은 결정의 문제라는 내용이었다. 무언가 어려운 말이었지만, 다수결에 반대한다는 것만은 분명했다.

"미국 대통령 후보들이 어떻게 하는지 알아? 이런 걸 다수결로 하겠냐고. 코디네이터가 옷을 정해 주고 사진사가 사진을 찍어 주고 카피 전문가가 슬로건을 정해 주고 그러는 거야. 그럼 그게 비민주적이야? 이건 전문가의 영역이라고."

"그럼 니가 전문가냐? 니가 전문가면 나도 전문가다."

쭈쭈바도 지지 않았다.

"그럼 아고타 카스트로프의『대통령의 선거 전략』이라는 책 정도는 읽어봤겠지?"

그 말에는 쭈쭈바가 움찔했다.

"아고타…… 뭐?"

"아고타 카사노로프!『대통령의 선거 전략』!"

"거기에 그런 말이 나와?"

전세는 완전히 기울어서 쭈쭈바는 그 책의 권위에 굴복하는 듯했다.

그런데 그때, 로댕이 무언가 입을 달싹였다. 정확하진 않지만 "이름이 달라졌어"라고 말한 듯했다.

그러고 보니 로댕은 자꾸 입을 달싹였다. 책을 설명하는 전학생의 목소리에 묻혀 잘 들리진 않았다. 그래서 무언가 결심을 한 듯 "후읍!" 심호흡을 한 것도 나만이 알았다. 그 심호흡 뒤에 로댕은 논점이 틀렸다고 웅얼거렸다. 흔치 않은 일이었기에 나머지 둘의 관심도 로댕에게 쏠렸다.

"뭐라고?"

"논점이 틀렸어."

아까보다는 더 정확한 목소리로 로댕이 말했다.

"틀렸다고? 뭐가 틀렸는데?"

전학생은 자신만만한 목소리였다. 하지만 로댕은 별말이 없었다. 확신은 못하더라도 자신의 편을 든 거라 생각한 쭈쭈바가 계속 말을 하라고 부추겼다.

"선거의 전략과 슬로건은 다른 문제야."

겨우 입을 연 로댕은 또 말이 없었다.

"그래서? 그게 뭐 어쨌다고?"

쭈쭈바는 계속 로댕을 재촉했다.

"그 책은 선거 전략에 관한 책이야."

"그렇지! 우리 로댕 진짜 똑똑하다. 그래서?"

"……."

"답답하다. 말 좀 해!"

"그 책 읽어도 슬로건 전문가는 아니야."

아, 속 터져. 그런 짧은 답변들의 반복이었다. 그 답들을 한참 동안 모은 뒤에야 우리는 겨우 그 내용을 짐작할 수 있었다.

책을 한 권 읽어 전문가가 될 수 없을 뿐 아니라, 선거 전략의 전문가지 슬로건의 전문가는 아니다. 너의 논리대로라면 그 책을 읽은 너는 패션 전문가도 사진 전문가도 되는 것이다. 대충 그런 내용이었다.

맞는 말이었다. 전학생도 별수 없어서, 답답하다는 표정을 지으려다 말고, 입을 열려다 말고, 눈을 치켜뜨려다 말았다.

"오, 로댕! 역시 생각하는 사람이야. 생각이 겁나 깊어!"

쭈쭈바의 칭찬에도 로댕의 얼굴은 그대로였다.

"와, 이 자식 이거. 좋아하는 거 봐라!"

그런데도 쭈쭈바의 눈에는 다르게 보였던 모양이다. 로댕은 긍정도 부정도 없어서, 그 말이 맞는지 어쩐지는 알 수 없었다.

결국 우리는 다수결을 하기로 했다. 다수결의 방법은 손을 드는 것이었다.

쭈쭈바의 말대로 삼 대 일이 뻔해서 하나 마나라고 생각했다. 그런데 의외의 결과가 나왔다. 로댕이 전학생의 의견에 손을 들었다.

"야! 너 배신하는 거야?"

"그건 그거고 이건 이거지."

기쁨에 겨운 전학생이 로댕의 마음을 대신 전했다.

이 대 이가 나왔으니 한 명이 더 필요했다. 그 한 명은 신가리여야 했는데, 전학생이 막상 그 이름을 꺼내자 나와 쭈쭈바는 그것을 반대했다. 이번에는 로댕도 말이 없어서 전학생의 고집을 꺾을 수는 없었다. 마침 신가리도 등교를 했으니 직접 찾아가서 의견을 묻자는 정도에서 합의를 했다. 찾아갈 사람은 물론 전학생이었다.

"자기 맘대로 말하는 거 아니야? 아니면 거짓말할 수도 있고."

"그럼 따라가지 그랬냐?"

"난 됐으니까 니가 가 볼래? 집에 가서 밥도 먹고 엄청 친하잖아."

"친하긴 친하지. 니가 신가리 흉봤다고 말해 줄 정도로."

"야! 내가 언제?"

그런 농담들로 시간을 보내던 중에 전학생이 돌아왔다. 시무룩한 표정이었다. 결과를 들은 쭈쭈바는 기쁨에 어쩔 줄 몰라 했다.

학생이 주인공인 학교. 그것이 우리의 슬로건이 되었다.

막상 선거운동이 시작되자 그 문구를 써먹을 일은 거의 없었다. 차라리 기호 3번을 크게 알리는 편이 훨씬 나았다. 미련을 버리지 못한 쭈쭈바가 가끔 그것을 외치는 게 다였다. 그때마다 전학생은 "기호를 말하라고!" 하며 면박을 빼먹지 않았다.

기호는 추첨을 통해 정해졌다. 회장, 부회장 후보들이 과학실에 모여 제비뽑기를 했다. 그 제비는 학생 선거 지도교사라고 자신을 설명한 춘방 씨가 준비해 왔다. 교사의 정년퇴직은 몇 살일까? 그런 의문을 갖게 할 만큼 주름이 자글자글한 할아버지였다.

사회생활 해 봐라. 평균을 내면 선생들은 천사야, 천사.

둘째 삼촌의 그 말이 없었더라도 내 생각 역시 그랬다. 거의가 학생들에게 충실했고, 그중 몇은 존경받을 만했다. 하지만 그 평균을 깎아먹는 사람이 없지는 않았다. 굳이 따지자면 춘방 씨는 깎아먹는 쪽이었다.

춘방 씨의 '춘방'이 이름은 아니었다. 우리 반 애들과는 다르게 선생님들 중에 별명을 갖는 사람은 손에 꼽을 정도였다. 대부분 과목명으로 부르거나 그냥 이름을 불렀다. 그래서 춘방 씨는 별명을 가진 몇 안 되는 선생님들 중 한 명이었다. 춘방 씨는 그냥 처음부터 그 별명이었다. 아마 선배들 때부터 그랬던 것 같다. 그 뜻에 대한 많은 의견 중에는 봄날의 나방처럼 수업이 나른해서라는 설이 유력했다. '봄 춘' 자의 춘에 '나방'할 때의 방이었다.

그 춘방 씨가 봄날의 나방답지 않게 밝은 목소리를 냈다.

"어, 그래. 안 그래도 니 이름 봤다. 아버님은 여전하시고?"

물론 내가 아닌 피제이를 향한 목소리였다. 나 역시 1학년 때 같은 반이었지만, 기억도 못하는 눈치였다.

입후보자는 피제이 말고도 한 명이 더 있었다. 개그맨이 꿈이라고 말하고 다니는 3반의 오크였다. 내가 그 별명을 알 정도로 꽤나 알려진 애였다. 물론 그 애는 날 알지 못했다.

오크는 '우락부락'보다는 '호리호리'라는 단어와 더 잘 어울리는 인상을 갖고 있었다. 그래서 처음 오크라는 별명을 들었을 때, 난 그 별명이 어울리지 않는다고 생각했다. 하지만 오크는 판타지 소설의 그 오크가 아니라 '오버로크'의 줄임말이었다. 오버를 잘해서 처음에는 오버로크로 불리다가 나중에는 그냥 오크가 됐다고 한다.

그 오크가 가장 먼저 제비를 뽑았다.

"저요! 저요!"

봉숭아 학당의 맹구처럼 팔짝팔짝 뛴 게 효과를 보았다.

전학생은 깔깔댔지만, 나는 웃지 않았다. 나와 맞는 유머 코드는 아니었다.

오크는 2번을 뽑았고, 다음에는 피제이가 1번을 뽑았다. 그런데 그 결과를 함께 기뻐하는 부회장 후보는 처음 보는 얼굴이었다. 나중에 안 사실이지만 그 애는 2학년이 아닌 1학년이었다. 선하게 생긴 얼굴이었고, 간단히 가진 자기소개 시간에는 똑똑하게 말도 잘했다.

그것과 비교되게 나는 두 번이나 버벅거려서 얼굴을 붉혀야 했다. 오크가 그것을 흉내 내 애들을 웃겼다. 가장 크게 웃은 사람은 전학생이었다.

자기소개가 끝난 뒤에는 주의 사항을 들었다.

"내 말 듣고 잘 지켜."

꼭 자기가 말할 것처럼 이야기를 시작한 춘방 씨는 "어이, 위원장" 하며 누군가를 불러냈다. 3반 반장인 그 애는 선거관리위원장이라고 했다.

"내 대리니까 내 말보다 잘 들어."

그렇게 말한 뒤에 춘방 씨는 과학실을 나갔다.

위원장은 인쇄물 한 장씩을 나눠주더니 거기에 적힌 내용들을 쭉 읽어 줬다.

그 인쇄물의 제목은 '학생회장 선거 규칙 및 주의 사항'이었다. 위원장은 그것을 다 읽은 다음에 내용을 요약까지 해 줬다. 금빛 안경의 외모부터 해서 나름 인텔리 같은 놈이었다.

"너희들이 낸 운동원 말고 선거운동은 절대 할 수 없어. 그리고 선거운동 가능 시간은 아침 자율학습 시작 십오 분 전까지, 점심 시간이랑 저녁 시간엔 끝나기 오 분 전까지야. 한 교실에는 한 번만 들어갈 수 있고, 오 분 이상 선거운동을 하는 것도 금지. 아, 그리고 피켓 들고 인사하고 그러는 거 있잖아. 그런 거는 아침에만 가능하니까 그렇게 알고. 포스터 세 장은 나한테 줘. 지정된 장소에 기호 순서로 붙일 테니까."

포스터에 3이라는 기호를 그리는 일은 내가 맡고 싶었다. 반마다 돌아다니며 후보자 연설을 돕는 것보다는 훨씬 괜찮은 일이었다.

사실 나는 그 후보자 연설조차 맘에 들지 않았다. 내가 1학년 때 그 어떤 후보도 우리 반에 들어온 사람은 없었다. 그렇기 때문에 더욱더 순회 연설을 해야 한다고 전학생은 우겼다. 깊게 기억에 남을 것이라는 주장이었다.

그래도 그것뿐이면 그나마 괜찮았다. 전학생은 아침 선전이라는 것도 할 예정이라고 했다.

"선전? 그걸 왜 해?"

그전의 선거에서 나는 반마다 돌아다니며 연설을 하는 후보도, 나란히 서서 지지를 호소하는 운동원도 본 적이 없었다.

"그걸 안 해?"

그럼 넌 어떻게 부회장이 될 생각이었냐고 전학생은 답답해했다. 틀린 말은 아니었지만, 그렇게까지 하고 싶지는 않았다. 딱히 전학생을 설득할 만한 이유가 있지도 않았다. 그래서 쭈쭈바와 로댕의 도움을 받고자 수돗가 옆 벤치로 그 애들을 불렀다. 말하자면 선거 승리 전략 캠프를 긴급 소집한 것이었다.

결론부터 말하자면 혹을 떼려다 하나 더 붙인 꼴이 돼 버렸다. 내 짐작과는 다르게 그 둘은 전학생과 생각이 같았다. 쭈쭈바는 격한 목소리로 나를 비난하기까지 했다.

"남들이 안 할수록 우리는 더 해야지, 인마! 얼마나 좋은 기회야. 넌 그런 소극적인 자세로 대체 뭐가 되려고 그래?"

쭈쭈바는 같은 말도 참 기분 나쁘게 하는 재주가 있었다.

"그럼 넌 남들 앞에서 소리도 지르고 막 그럴 거야?"

"하지. 해야지. 우리 미친놈, 회장님 만들려면 더한 것도 해야지."

"그럼 옷 벗고 춤추라면 춤도 추겠다?"

"그러엄!"

쭈쭈바는 발음을 길게 뺐다.

"이왕 말이 나온 김에 운동 방법을 확실히 정하고 시작하자."

전학생의 제안이었다.

반대할 이유는 없었다. 더욱이 어영부영 시간이 지나면 순회 연설이 저녁으로 미뤄질 수도 있었다. 어차피 닥쳐올 일이었지만, 당장이 아니라는 것만도 나는 좋았다.

반대 의견을 내는 사람은 나뿐이어서 논의가 오래 걸리지는 않았다. 공책에 정리만 하지 않았다면 십 분도 걸리지 않을 일이었다. 각자의 생각을 모아 그럴싸하게 문장을 다듬는 데 대부분의 시간을 보냈다.

무슨 대통령 선거라도 되는 양 거창한 문구들도 만들었다. 생각을 모아 대충 틀을 잡으면 전학생은 있어 보이는 단어들을 떠올렸고, 나는 그것들을 다듬어 문장을 완성했다. 까마귀의 반성문을 대신 써 준 게 효과를 봤다.

"이야, 까리가 이런 까리한 재주도 있었네."

쭈쭈바의 칭찬이 싫지는 않았다.

언제 준비해 왔는지 전학생은 새 공책을 꺼내 놓았다. 연습장에 정리한 문구들을 로댕이 그 공책 첫 페이지에 정성 들여 옮겼다. 왠지 로댕은 글씨를 잘 쓸 것 같아서 맡긴 일이었다. 하지만 우리의 기대는 여지없이 빗나갔다. 심지어, 친하다고 자처하던 쭈쭈바도 미처 몰랐다며 놀라는 표정을 지었다.

악필이라기보다는 졸필이어서 꼭 초등학교 저학년의 글씨 같

았다. 자신이 더 잘 쓸 자신이 있다며 쭈쭈바는 굳이 다시 적겠다
고 했다. 전학생도 적극 찬성을 해서 쭈쭈바는 매점으로 뛰어갔
다. 전학생에게 더 이상의 새 공책이 없어서였다. 첫 장을 찢고 쓰
자는 나의 의견은 무시되었다.

새 공책에 다시 그 내용들을 옮기고 나자 점심시간은 얼마 남
아 있지 않았다. 그런데도 전학생은 기어이 그 내용들을 읽어 내
려갔다.

"선거 승리를 위한 운동 전략."

큰 목소리였다.

"오, 좋은데."

쭈쭈바가 추임새를 넣었다.

"대전제 제1번, 우리는 학교에서 정한 규칙의 틀 안에서 정정당
당한 선거운동을 펼친다. 제2번, 우리는 서로 합심하여 승리를 위
해 최선을 다하는 선거운동을 펼친다. 제3번, 우리는 과정과 결과
에 동등한 의미를 두고 후회 없는 선거운동을 펼친다."

"좋다!"

"실천 사항 제1번, 매일 아침 일곱 시에 캠프에 모여 선거운동을
시작한다. 제2번, 캠프는 수돗가 옆 벤치로 정한다. 제3번, 선거운
동의 방법은 민주적 방법을 따르고 의견이 모이지 않으면 다수결
로 정한다. 제4번, 캠프의 구성원은 선거운동원으로 등록된 자로
한한다. 제5번, 캠프에서 정해진 일은 최선을 다하여 실천한다."

"와아!"

환호성을 지르며 쭈쭈바가 박수를 치자 나와 로댕도 따라 쳤다. 전학생은 그 박수가 자기 것이라도 되는 듯 인사를 했다. 그러고는 역시 박수를 쳤다. 왠지 뿌듯했다.

"야, 우리 이따 저녁에 회식이라도 한번 하자."

쭈쭈바의 제안이었다.

"안 돼! 바로 선거운동 시작해야지."

전학생이 정색했다.

"제3번, 의견이 틀리면 우리는 다수결로 정한다! 회식 찬성하는 사람?"

쭈쭈바의 말에 나와 로댕은 손을 들었다.

"이건 다르지. 선거운동에 있어서……."

"회식비용을 회장님이 내는 것에 찬성하는 사람?"

이번에도 전학생을 뺀 모두가 손을 들었다. 하지만 전학생도 방금 못다 한 말을 계속하려 하지는 않았다. 아마 회장님이란 단어가 맘에 들어서인 듯했다.

"우리도 출발식 해야지, 출발식! 전략 캠프가 본격적으로 출발하는 날인데."

"출발식이 아니라 출범식."

전학생은 틀린 단어를 고쳐주는 정성까지 보였다.

"그래, 그거. 어쨌든 우리 그거 하자. 캠프 출범식."

출범식이란 단어도 맘에 들었는지 전학생은 삐죽 웃음을 지었다. 그 웃음과 함께 전학생은 오천 원밖에 없다고 말했다. 우리는 아까보다 더 크게 박수를 쳤다.

"매·점! 매·점!"

쭈쭈바와 나는 매점을 연호했다. 누가 들을까 봐 큰 소리는 아니었다. 그런데도 그 소리는 꼭 멀리까지 퍼져나가는 것 같았다.

# 쭈쭈바와 들개

'매점, 매점.'

쑥스럽지만, 오후 내내 나의 머릿속에서는 그 소리가 맴돌았다. 고등학교에 들어와서 누군가와 매점에 가는 일은 처음이었다. 물론 까마귀나 다른 누군가와 가 본 적은 있었다. 그러니까 남들이 말하는 매점, '즐거운 매점'에 가는 건 처음이었다.

그런 기대감을 안고 나는 미리 저녁 도시락을 까먹었다.

예전에 쓸데없는 상상을 한 적이 있었다. 마법사가 나타나 학교에서 뭐가 없어졌으면 좋겠냐고 묻는 것이다. 고민할 필요도 없었다.

'까마귀요!'

'미안, 그건 좀 힘들어. 그럼 그다음은 뭐니?'

그때는 좀 고민스러웠다.

'체육복? 아니, 아니. 도시락으로 할래요.'

그만큼 나는 도시락이 싫었다.

학교 식당을 다시 짓느라 3학년을 뺀 1, 2학년이 석 달씩 돌아가며 도시락을 싼다고 했다. 나는 석 달의 맨 첫날에 바로 알았다. 도시락의 처량함을. 얼마나 처량했냐면 체육시간 조를 짤 때처럼 처량했다.

하지만 그날은 아니었다.

'식사시간에 같이 먹을 사람이 없어서 먼저 먹는 게 아니야. 난 지금 배가 고프다고.'

매번 하는 그 생각에다가,

'오늘은 매점에서 회식이 있어. 그래서 저기 쭈쭈바도 도시락을 까먹고 있잖아.'

그 생각까지 더해졌다.

난 잠깐 동안 그것이 보통의 변명처럼 스스로를 속이는 말이 아닌가 고민했다. 하지만 진실이었다. 이리저리 생각해 봐도 진실이었다. 참으로 오랜만에 찾아온 진실이었다.

그 진실의 달콤함에 취해 난 방심하고 있었다. 그 방심이 까마귀의 공격에 관한 것은 아니었다. 매점이라는 작은 진실에 정신을 팔려 매번 도시락을 미리 먹는 진짜 이유, 그 커다란 진실을 까먹고 있었다는 말이다.

"까리, 어디 가?"

그래서 까마귀가 날 불러 세웠을 때 나는 퍼뜩 정신을 차렸다.

"응, 화장실."

나는 평소의 나, 까마귀의 친구로서 최선을 다하는 나로 돌아가기 위해 애썼다.

"이거 잔돈 좀 바꿔 줘."

까마귀는 천 원짜리 두 장을 내밀었다.

"나 잔돈 없는데."

"까리, 나 요즘 서운해. 나랑은 놀아 주지도 않고."

"아니, 요즘 좀 바빠서."

"니가 뭐가 바빠? 아하! 회장 나간다고?"

"아니, 내가 나가는 게 아니라. 하기 싫었는데……."

"그래. 그러니까 부회장 돼서 우리 막 괴롭히겠다는 거 아냐."

"부회장 돼서 화장실 청소도 시키고 그럴 거면서."

이럴 때는 꼭 한마디씩 거드는 젤라틴이었다.

"어? 난 화장실 청소 싫은데. 난 딴 거 시켜주면 안 될까?"

돌고래도 다르지 않았다.

그런 돌고래를 힐끔 째려본 뒤에 까마귀는 다시 목소리를 높였다.

"친구가 잔돈 좀 바꿔 달라는데 그게 그렇게 싫어? 나는 친구도 아니다 이건가?"

"에이, 왜 그래. 진짜 잔돈 없어. 육백 원인가 있는데 그거라도 빌려줄까?"

나는 주섬주섬 주머니를 뒤졌다. 평소 같았으면 매점에서 바꿔 준다고 그 돈을 받아갔겠지만, 왠지 그날은 그렇게 하고 싶지 않았다. 그렇다고 해서 그 선택이 잘한 것 같지도 않았다.

까마귀한테 바치는 게 아니라 빌려주는 거잖아. 육백 원을 빌려 줘? 그럼 차라리 한 만 원 빌려줘야겠다. 안 갚으면? 니가 봉이야? 넌 따까리잖아!

생각이 복잡했다. 육백 원을 꺼내는 시늉을 하며 괜히 주머니를 조몰락거렸다. 그렇다고 그 짓을 십 분이고 이십 분이고 할 수는 없었다.

"따까리야, 뭐해? 빨리 가자."

그때 전학생이 큰 소리로 날 불렀다.

"응, 잠깐만."

난 부끄러운 짓을 하다 걸린 것처럼 왠지 꺼림칙했다. 그래서 차라리 육백 원을 던져 주고 얼른 그 자리를 벗어나려고 했다. 그런데 속도 모르는 전학생이 성큼성큼 다가왔다.

전학생은 내가 아닌 까마귀에게 볼일이 있었다.

"야, 우리는 악수 안 했지?"

전학생은 그때 그 일을 언급하며 손을 내밀었다. 까마귀는 떨 떠름한 표정으로 그 손을 잡았다.

"그럼 우리 다 잊어버리는 거다. 너랑 나랑 다시 친구야? 알았지?"

전학생은 힘차게 손을 흔들었다.

누가 사과를 하고 누가 그 사과를 받는 건지 헷갈리는 상황이었다. 그런 것은 상관없다는 듯이 전학생은 시원하다는 얼굴이었다. 찝찝해하는 까마귀와는 비교가 됐다.

"지금 안 갈 거야? 그럼 우리 먼저 가서 기다려?"

"아니. 지금 갈 거야."

나는 까마귀의 책상 위에 사백 원을 놓았다.

"육백 원은 없고 사백 원밖에 없다."

그러니까 이거 먹고 떨어져.

"진짜야?"

"진짜야!"

나는 억울했다. 그래서 엄청 억울하다는 듯이 말했다.

사실 나는 이백 원이 더 있었다. 남을 속이려면 우리 편부터, 더 나아가 자기 자신부터 속이라는 말도 아마 둘째 삼촌의 말이었을 것이다.

너 이리 와 봐, 그 말이 들릴 것 같아 가슴이 두근거렸다.

다행히 까마귀가 날 불러 세우지는 않았다. 하지만 그 두근거림은 매점에 도착할 때까지 별로 작아지지 않았다.

두근거리는 가슴과는 상관없이 빨리 먹기는 했다. 나의 몫을 뺏기기 싫어서였는데, 내가 빨리 먹자 나머지 셋도 속도를 냈다.

그래서 선거에 관한 이야기는 먹을 걸 다 해치운 다음에야 할 수 있었다.

매일 아침의 벤치 모임에 늦지 말자는 약속 정도가 나름 의미 있는 대화였다. 나머지는 특별할 거 없는 잡담들이었다. 그런데 그런 잡담을 하는 동안 나의 심장은 평온해졌고, 또 어느 순간에 나는 그 평온함마저 의식하지 않고 있었다.

다음 날 아침, 우리는 매점에서 한 약속대로 수돗가 옆 벤치에 모였다. 분명히 전했는데 신가리가 빠졌다며 전학생은 툴툴댔다. 안 받는 전화를 참고 기다려 통화를 했다는 것이었다.

"이거 안 되겠는데. 따까리야, 내일 신가리 집에 가자."

"난 싫어."

"왜? 할머니도 보고 좋잖아."

"그래도 좀 그래."

"뭐가? 딱 백 프로가 돼야 좋은데."

나의 기준에서는 백 프로의 출석률이었다.

"그게 뭔 상관이야. 피켓 같은 거, 그런 게 중요하지."

피켓이 있으면 좋겠다는 제안은 쭈쭈바가 했다. 그걸 만드는 일은 내가 하겠다고 손들었지만 의견은 로댕 쪽으로 모였다. 별 수 없이 나는 학교 정문, 아이들이 쏟아져 들어오는 그 길 위에 설 수밖에 없었다.

전학생이 가운데, 나는 그 애의 오른쪽이었다. 그런데 하필 학생주임이 복장 단속을 하는 중이었다. 전학생은 태연하게 거기 맞은편에 자리를 잡았는데, 나는 기어코 그 옆으로 가지 않았다. 결국에는 전학생도 학생주임과는 조금 떨어진 곳에 자리를 잡을 수밖에 없었다.

그래 봤자 학생주임의 코앞이었다. 쟤들이 뭐를 하려고 하나, 학생주임이 우리를 뻔히 쳐다보았다. 엎드려뻗쳐를 하던 애들도 슬금슬금 우리 쪽으로 몸을 틀었다.

나의 얼굴은 빨개졌을 것이다. 화장실을 간다는 핑계로 그 자리를 벗어나고도 싶었다. 그러고 보니 진짜 오줌이 마려운 것도 같았다. 말을 할까? 말까?

그런데 갑자기,

"둘, 셋!"

가만, 가만. 나 아직 준비가 안 됐어.

"회장 후보, 기호 3번입니다!"

전학생이 혼자서 소리쳤다. 엉겁결에 나는 인사만 겨우 따라 했다.

"3번입니다."

쭈쭈바는 버벅거리는 목소리로 그것만 말했다.

입이 삐죽 나온 전학생이 그거 하나 못 맞추냐며 잔소리를 했다. 갑자기 그러면 누구라도 그럴 거라며 쭈쭈바도 지지 않았다. 물론 나는 쭈쭈바 편이었다. 하지만 남들 앞에서 괜히 싸움을 키

우기는 싫어 가만있었다.

"그럼 이번엔 제대로 하는 거야. 둘, 셋에 간다."

시선은 앞을 향한 채 전학생은 중얼거리는 말투로 지시를 내렸다. 바짝 긴장한 나는 전학생의 구호를 기다렸다.

"둘, 셋!"

"회장 후보, 기호 3번입니다. 입니다."

그런데 이번에도 쭈쭈바가 한 박자를 늦었다. 그래서 우리의 구호는 돌림노래 같았다. 이번에는 나도 전학생의 편이었다. 그 애와 힘을 합쳐 쭈쭈바를 비난해 줬다.

엎드려뻗쳐를 하던 애들이 은근슬쩍 자세를 풀며 킥킥댔다. 학생주임은 그 애들의 자세를 지적하는 대신 실실 웃었다. 그러고는 소리쳤다.

"그거 하나 딱딱 못 맞춰?"

쑥스럽지도 않은지 그 말을 들은 전학생은 오히려 결연한 표정이 되었다. 그러나 그런 마음가짐만으로 말과 행동을 맞추기는 쉽지 않았다. 이번에는 구호까지 어찌어찌 성공했지만, 인사가 제각각이었다. 어정쩡하게 허리를 굽힌 내 탓이 컸다.

이번에는 전학생과 쭈쭈바가 한편이 돼서 나를 매섭게 공격했다. 하지만 학생주임의 눈에는 전학생이나 쭈쭈바나 나나, 모두가 너희들이었다.

"와, 너희들 진짜 안 되겠다. 내가 하는 걸 보란 말이야."

그 말을 한 학생주임이 엎드려뻗쳐를 하던 애들에게 오리걸음을 시켰다. 그러더니 그 오리들을 우리 쪽으로 몰고 왔다.

"오리, 오리!"

"꽥! 꽥!"

"오리, 오리!"

"꽥! 꽥!"

애들은 학생주임의 지시에 따라 우리를 가운데 놓고 뱅뱅 돌았다. 물론 한목소리로 내는 꽥꽥 소리도 빠트리지 않았다.

전학생도 지지 않았다. 꽥꽥 소리보다 더 큰 소리로 "둘, 셋!"을 외쳤고, 우리도 더 큰 소리로 구호를 외쳤다. 하지만 셋이서 한 무리의 목소리를 이기기란 쉽지 않았다.

그러니까 그것은 치사한 반칙이었다. 더욱이 오리의 목청은 본래부터 꽥꽥거리기 위한 것이 아니던가? 그래도 우리는 포기하지 않았다. 그러다가 어느 순간에는 오리들과 박자를 맞추고 있었다.

학생주임이 조용한 목소리로 "오리, 오리" 하면 열댓 명의 오리들이 "꽥! 꽥!" 소리를 지르고, 곧바로 우리는 "회장 후보, 기호 3번입니다" 꾸벅 인사를 하는 패턴이었다.

"오리, 오리. 꽥꽥! 회장 후보, 기호 3번입니다!"

등교하던 애들은 키득댔고, 선생님들 역시 한마디씩 던지며 우리 앞을 지나갔다.

그렇게 그날 아침의 선거운동은 꽤나 성공적이었다. 그 성공은 순회 연설에도 영향을 줬다.

우리는 3학년 연설은 나중으로 미루고 우선 1, 2학년을 하기로 했다. 먼저 1학년 교실을 돌았는데, 알아보는 애들이 꽤 있었다. 쭈쭈바의 쓸데없는 선배 노릇만 뺀다면 시작이 꽤 괜찮았다.

"오리 형이다!"

그런 애칭으로 환영을 받았고, 전학생의 자기소개도 그럴듯했다.

"반갑습니다, 여러분. 저는 이번 5월 23일 날 있을 회장 선거에 출마한 기호 3번 오리입니다. 꼭 기억하십시오. 저는 오리의 5번도 2번도 아닌 기호 3번입니다."

그렇게 시작을 할 때마다 1학년 애들은 재미있다고 깔깔댔으며, 전학생은 흐뭇한 미소로 화답을 했다. 하지만 막상 공약을 설명하는 부분에서는 애들의 관심이 시들해졌다. 전학생의 쓸데없이 지루한 설명은 둘째 문제였다. 우선 애들의 관심을 확 끌만한 그런 공약이 없었다.

우리는 공약에 관해서도 많은 이야기를 나눴다. 그 자리에서 나와 쭈쭈바는 "일단 말하고 보자"는 쪽이었다.

여학교와의 단체 학교팅을 주선하겠다, 컴퓨터실을 24시간 개방하겠다, 매점의 음료수 값을 반으로 낮추겠다, 중간고사를 폐지하겠다, 그런 공약은 우리가 내놓은 것이었다. 당연히 그런 일을 성사시킬 수 있을 거라고는 생각하지 않았다. 하지만 듣는 사람도 마찬가지일 테니 상관없었다. 본래부터 학생회장의 공약이란 황당할수록 박수를 받기 마련이었다.

전학생과 로댕은 "지킬 수 있는 것만 말하자"라는 쪽이었다.

다른 학교와 교류가 가능하도록 노력하겠다, 컴퓨터실 이용을 자율화하도록 노력하겠다, 매점의 음료수 종류를 다양화하도록 노력하겠다, 중간고사 기간을 더 빨리 알 수 있도록 노력하겠다. '하겠다'도 아닌 '노력하겠다'라니! 어쨌든 그런 흐리멍덩한 것들이었다.

특히 전학생은 한 발도 물러서지 않았다. 지키지 못할 공약은 거짓말이고 사기라는 것이었다. 특히 선거에 있어 사기는 살인만큼이나 나쁘다는 과장스런 말까지 했다.

결국에는 나도 전학생의 의견에 손을 들 수밖에 없었다.

그런 흐리멍덩한 공약들이 애들의 관심을 끌 리가 없었다. 오리 형이 무언가 재미난 농담이라도 해 주지 않을까, 농담을 못하면 꽥꽥 오리 흉내도 괜찮은데, 1학년 애들의 그런 기대는 항상 실망으로 끝을 맺었다.

그래도 그 정도 실망은 2학년들의 무관심보다는 훨씬 괜찮은 편이었다. 다음 날 진행한 2학년 순회 연설은 그보다 더 신통치 않았다.

"반갑습니다, 여러분. 저는 이번 5월 23일 날 있을 회장 선거에 출마한 기호 3번 오리입니다. 꼭 기억하십시오. 저는 오리의 5번도 2번도 아닌 기호 3번입니다."

쭈쭈바는 오히려 세상없이 얌전했고, 전학생의 자기소개는 그대로였는데도 그랬다.

"너 바보냐?"

"뭐가? 어제는 재밌다고 난리였잖아. 어떻게 2학년이 1학년 애들보다 유머 수준이 더 떨어지는 거야?"

"그게 아니지. 우리가 선배니까 그런 유머가 통하는 거지. 뭔가 친근하잖아. 2학년 애들한테는 유치한 거고."

나의 설명을 전학생은 인정하려 하지 않았다. 나는 오히려 유머 감각이 없다는 비난까지 들어야 했다. 부회장을 한다는 놈이 이리 유머 감각이 없으니, 피제이는커녕 오크한테도 지게 생겼다는 내용이었다. 그래서 전학생은 우리 반 연설에서도 그 소개를 그대로 썼다. 아마 우리 반의 유머 수준은 자기만큼 수준이 높을 것이라고 생각했던 모양이다.

당연히 그 기대는 응답받지 못했다.

"니가 무슨 오리야? 미친놈이지."

"어? 그럼 미친 오리네!"

그나마 다른 반에 비해 애들의 관심을 더 많이 끌기는 했다. 그래서 나는 애써 그것을 위안으로 삼았는데, 전학생은 그 관심을 나와는 다르게 해석했다.

"봐라. 통하잖아."

114

허탈한 웃음으로 내 의견을 대신했을 뿐, 반박을 하지는 않았다.

사실 2학년 연설이 기대에 미치지 못했더라도 실망할 필요는 없었다. 전학생 말대로, 하지 않은 것보다는 훨씬 괜찮은 것이었다. 거기에 아침 선전의 효과까지 더해져 우리를 알아보는 시선이 꽤나 많아졌다.

까마귀의 심부름으로 매점에 갔을 때, 오리의 친구라고 누군가가 수군거리는 소리를 들은 적도 있었다. 그런데 그런 시선을 신경 쓰는 사람이 우리뿐만은 아니었다. 우리에게 기쁨이 되었던 그 시선이 오크를 자극한 게 분명했다.

다음 날 아침에도 우리는 피켓을 들고 정문으로 갔다. 그런데 거기에는 오크와 그 애의 운동원들이 먼저 나와 있었다. 우리처럼 아침 선전을 하기 위해서였다. 후보를 가운데 두고 운동원들이 나란히 선 모습까지 우리와 같았다. 이름이 아닌 기호를 알린다는 점도 우리와 비슷했다. 하지만 그 기호를 알리는 방법은 우리와 달랐다.

옆자리에 놓인 스피커에서는 둘리의 주제곡이 흘러나왔다. 그 애들은 거기에 맞춰 춤을 췄다. 귀엽지 않지만 귀여운 듯, 과격하지도 제각각이지도 않았다. 손짓발짓이 딱딱 맞는 율동이었다. 그 애들은 그 율동을 한 십 초간 하다가 갑자기 딱, 멈췄다. 그렇게 차렷 자세를 하더니 크게 소리를 질렀다.

"앗쌀, 하게, 이, 번!"

구호도 율동처럼 리듬이 있었고, 딱딱 들어맞았다. 쭈쭈바가 멋 있다며 감탄을 할 정도였다.

"멋있긴 뭐가 멋있냐? 진심이 없잖아, 진심이. 자극적인 방법이 나 쓰고 말이야. 결국 저런 비겁한 수는 지게 돼 있어. 진심한테."

전학생은 툴툴대며 더욱 의지를 불태웠다. 그러나 의지는 율동 을 이길 수 없었다. 우리의 외침은 공허해서 애들의 관심은 온통 상대편에게 쏠렸다.

"로댕! 너 자꾸 입만 뻐끔거릴래?"

애꿎은 로댕만 잔소리를 들었다.

우리에게는 전세를 역전시킬 그 무엇이 필요했다. 그 무엇이란 우리의 아군, 오리들의 도움이었다. 마침 학생주임에게 걸려 엎드 려뻗쳐를 하는 애들이 열 명을 넘어가고 있었다.

"자, 일어섯!"

드디어 시작이다. 학생주임은 애들에게 오리걸음을 시켰다. 꽥 꽥, 박자에 맞춰 울게 하는 것도 잊지 않았다. 그런데 그 목적지가 달랐다. 학생주임은 우리가 아닌 상대방에게 그 오리들을 몰고 갔다.

"선생님! 왜 그러세요?"

전학생에게 율동은 자극적이고 비겁한 방법이었다. 하지만 오 리들의 꽥꽥대는 소리는 그렇지 않은 모양이었다. 전학생이 원망 의 목소리를 높였다.

116

"뭐가?"

"우리 쪽으로 와야죠."

"왜?"

"의리란 게 있잖아요!"

"오리한테 의리가 어딨어?"

선생님은 실실 웃으면서 소리쳤다.

그날의 대결은 완패였다. 음악과 춤, 거기에 오리들의 합창까지 더해지니 우리가 어찌 해볼 수가 없었다. 우리는 외면 받았고, 그 외면의 크기만큼이나 그 애들의 춤은 관심을 받았다. 몇 분이고 그 애들의 율동을 구경하는 애들이 있을 정도였다.

우리는 춤이라는 강력한 무기에 대응할 방법을 찾아야 했다.

"눈에는 눈! 이에는 이!"

전학생이 찾은 방법이었다. 그리 큰 고민 없이 내린 결론인 듯했지만, 그 애는 큰 결심이라고 했다. 대중의 눈높이에 맞추기 위해 자신 역시 눈물을 머금고 저급한 방법을 쓴다는 주장이었다.

"대중 친화적인 방법이지. 우리도 춤을 춰야겠어."

저급한 방법은 어느새 대중 친화적인 방법으로 변해 있었다. 물론 난 격렬하게 반대했다. 그리고 다른 애들도 나와 같은 생각일 게 분명했다.

나는 다수결을 주장했고, 전학생의 반대에도 불구하고 우리는 표결에 들어갔다. 실천 사항 제3번은 여러모로 유용했다.

"춤 반대하는 사람?"

나와 쭈쭈바가 손을 들었다. 로댕은 아니었는데, 전학생의 잔소리를 듣기 싫어서 그냥 기권을 하는 것이라고 생각했다.

"찬성하는 사람?"

전학생이 손을 들었다. 아, 그런데 로댕도 손을 들었다. 얼핏 보면 안 든 것도 같았지만, 든 듯 만 듯 분명 손을 들고 있었다.

"로댕!"

나뿐만이 아니었다. 전학생도 쭈쭈바도 놀랐다.

"춤을 좋아해."

로댕은 말했다. 그리고 동상 같은 그 표정에 변화는 없었다.

결판이 나지 않았으니 한 명이 더 필요했다. 신가리는 그날도 결석을 해서, 운동원으로 이름을 빌려준 둘 중 한 명을 찾아가기로 했다. 또 동점이 되는 상황을 피하기 위해서였다.

"난 찬성."

그 애는 시큰둥한 얼굴로 말했다. 어차피 자신은 참가하지 않을 테니 너희들이 하면 재밌을 것 같다는 게 이유였다.

전학생은 기뻐했다. 확실하지는 않지만, 로댕도 기뻐하는 듯했다.

안무는 로댕이 맡기로 했다. 우리의 권유에 그 애는 딱히 싫다는 말을 하지 않았다. 다음 날이 토요일이어서 시간도 해결됐다. 남은 문제는 춤을 연습할 장소뿐이었다.

학교 음악실을 빌리겠다는 전학생의 당찬 계획은 실패로 돌아갔다. 담당 교사의 허락을 받아 특별실을 사용할 수 있다는 규정을 알려 줬는데도, 괜히 욕만 들어먹었다고 했다. 분에 찬 전학생은 자신이 회장이 되면 이 문제를 꼭 바로잡겠다고 목소리를 높였다.

뭐, 그리 된다 한들 내년 3번에게나 좋을 일이지, 우리에게 필요한 건 당장의 장소였다.

"어쩔 수 없다. 그냥 우리 집에 가자."

토요일, 마지막 쉬는 시간에 쭈쭈바가 말했다.

"오, 니 방 넓어?"

"오늘은 괜찮아."

"좋았어!"

쭈쭈바의 집은 그린 빌라라는 이름이 붙은 연립주택 삼층이었다. 집은 비어 있었는데, 부모님은 가게에 나가셨고 대학생인 형은 본래 늦게 들어온다고 했다.

"그럼 이 방은 형이랑 써?"

방은 큰 편이었다. 그리고 두 개씩인 물건들이 많았다. 또, 그 두 개씩인 물건들 중에는 같은 모양의 것들이 많았다. 특히 가구가 그래서, 침대도 책상도 의자도 같은 제품이었다.

"아니, 동생."

"동생 있었어?"

"응. 그냥 있어."

있으면 있는 거고 없으면 없는 거지 그냥 있다는 건 무슨 의미일까?

괜히 말끝을 흐린 쭈쭈바는 빨리 시작하자며 우리를 재촉했다.

로댕이 준비해 온 곡은 무한궤도의 〈그대에게〉였다. 처음 들어보는 노래라고 쭈쭈바는 투덜거렸다. 전학생은 맘에 들었는지 로댕의 취향을 칭찬했다. 나는 중간 정도여서, 그 노래가 응원가로 많이 쓰인다는 정도는 알고 있었다.

그 곡에 맞춰 로댕이 먼저 시범을 보였다. 로댕은 그 커다란 덩치를 이리저리 잘도 움직였다. 우리는 깔깔대며 그 춤을 감상했는데, 역시나 로댕은 표정 하나 변하지 않았다.

마지막에는 양발을 벌리고 한 손을 앞으로 쭉 뻗은 채로 조금도 움직이지 않았다. 우리는 마무리 동작인 것을 모르고 얼마 동안을 가만있었다. 그러다 늦게나마 눈치를 채고 열심히 박수를 쳤다. 그제야 로댕은 쓰윽 움직였다.

로댕은 그 박수를 받을 자격이 충분했다. 텔레비전에 나오는 프로들만큼은 아니었지만, 동작에 절도와 맵시가 있었다. 그리고 잠시 후 나는 그 절도와 맵시가 얼마나 어려운 것인지 알게 됐다.

우선 동작들을 외우기가 쉽지 않았다. 다섯 가지밖에 되지 않는데도 그랬다. 팔을 신경 쓰면 다리가 틀렸고, 다리를 신경 쓰면 머리가 틀렸다. 그래서 가장 어려운 두 가지를 뺀 나머지 세 가지 동작만 사용하기로 했다.

겨우 그것들을 외웠더니 이번에는 흐느적거리는 몸짓이 문제였다. 전학생도, 쭈쭈바도, 춤보다는 몸부림에 가까웠다. 나라고 다르지 않아 오히려 가장 많은 지적을 받았다. 로댕은 예외로 하더라도 그 둘보다 못하다는 말은 조금 자존심이 상했다. 나는 더욱더 열심히 온몸을 흔들었다.

"와, 따까리 땀 좀 봐라. 불쌍해서 못 봐 주겠다. 콜라 없어? 콜라?"

털털거리는 선풍기 앞에서 전학생이 교복 윗도리를 벗어재꼈다. 땀에 범벅이 된 건 나만이 아니었다. 머리카락까지 땀에 흠뻑 젖은 우리는 꼭 물에 빠진 생쥐 꼴이었다.

콜라는 없고, 주스는 있을 거라며 쭈쭈바가 방을 나갔다. 그런데 얼마 뒤에 거실에서 쭈쭈바의 목소리가 들려왔다.

"어, 너 왜 왔어?"

당황한 목소리였다. 누가 온 것인지 궁금했지만, 확인할 수는 없었다. 방문과는 상관없이 거실이 보이지 않는 구조였다.

"뭐가?"

그런데 그 대꾸도 쭈쭈바의 목소리였다.

"내일 온다며?"

"내가 내 집 오는데 니 허락을 맡아야 돼?"

"그래도 내일 온다며?"

저거 혹시 주스가 아까워서 저러는 게 아니냐, 그래서 우리를 그냥 보내려 혼자 연기를 하는 게 아니냐고 전학생이 의문을 표시했다.

"아, 말 많네. 주말이잖아."

"엄마가 안 온다고 그러던데……."

한 목소리였지만, 분명 두 사람이었다.

"동생 왔나 보다."

아마 동생인 듯했다.

둘의 대화는 얼마 동안 이어졌고 대충의 상황을 파악할 수 있었다. 학교 기숙사 생활을 하던 동생이 주말이라 집에 온 것이었다.

"엄마한테는 말하지 마. 옷만 갈아입고 나갈 거니까."

쮸쮸바의 동생은 집에 거짓말을 하고 외박을 계획한 듯했다.

그때 초인종이 울렸고, 얼마 뒤에는 거실이 소란스러워졌다. 밖에서 기다리던 동생의 친구들이 들어온 것이었다. 그 소리와 거의 동시에 쮸쮸바가 방으로 돌아왔다.

"더운데 문은 왜 닫아?"

"동생이야?"

"주스는?"

질문들에 대답하지 않고 쮸쮸바는 멋쩍은 웃음만 내보였다.

무언가 불편해하는 눈치여서, 나는 굳이 그 질문들의 답을 원하지 않았다. 하지만 전학생은 그런 분위기를 알아챌 만큼 섬세하지 않았다. 그 애는 굳이 동생에게 인사를 하겠다며 거실로 나가려 했다. 그럴 필요 없다고 쭈쭈바가 손사래를 쳤다.

나도 쭈쭈바의 의견에 힘을 실어 주려는데, 진짜 그럴 필요가 없어졌다. 방문이 벌컥 열리며 쭈쭈바의 동생이 들어와서였다.

"어?"

우리는 거의 동시에 놀라는 소리를 냈다. 오죽하면 로댕도 놀란 얼굴로 쭈쭈바와 쭈쭈바의 동생을 번갈아가며 쳐다봤다.

그 둘은 똑같았다. 닮았다가 아니라 말 그대로 똑같았다. 키며 얼굴이며 모든 게 똑같아서, 둘은 쌍둥이였다.

"쌍둥이?"

전학생의 질문에 쭈쭈바는 아무 말도 하지 않았다.

"어쩐지 신발이 많더라."

동생이 우리를 쓱 둘러보더니 심드렁한 목소리를 냈다.

쭈쭈바와 똑같은 얼굴이 똑같은 목소리를 내서 영 신기했다. 그런데 전학생의 생각은 나와 다른 모양이었다. 쌍둥이치고는 분위기가 다르다며 그 애는 농담 비슷한 소리를 했다. 그러고 보니 그 농담에 반응하는 동생의 인상이 날카로웠다.

곧이어 우르르 들어온 동생의 친구들 역시 우리와는 분위기가 조금 달랐다. 셋 모두 키가 컸고, 눈에 힘이 잔뜩 들어가 있었다.

포식자들이었다.

저것은 어찌 저리 잘 알까? 예전에 엄마가 〈동물의 세계―아프리카의 굴토끼〉 편을 보다 한 말이다. 본능이에요, 나는 그 말을 하려다 참았었다.

남고생이라면 누구나 그런 본능이 있었고, 특히 나 같은 사람은 그런 본능을 갈고 닦기 마련이었다. 더구나 그런 애들은 굳이 그 이빨을 감추려 하지도 않았다. 감추기는커녕, 건들면 다치니까 알아서 피하도록 해, 복어처럼 몸을 잔뜩 부풀리고 다녔다.

바로 그 애들이 그랬다. 부풀리기 대회가 있다면 1, 2, 3등일 듯, 건들건들 허세가 빵빵했다. 들개, 여우, 펭귄. 마침 생기기도 그렇게 생겼다.

"어, 집에 있었네?"

그 애들과 쭈쭈바는 구면인 듯했다. 쭈쭈바의 소개로 우리는 인사를 나눴다.

"근데 뭘 땀을 그렇게 흘려?"

여우를 닮은 애가 말했다.

"와, 옷까지 벗고. 이것들 설마, 설마……."

"설마란 단어는 인생에서 지워야 합니다. 사람 잡아요오."

그 애들은 자기들만 아는 농담을 나누며 낄낄거렸다. 자기네 학교 선생님의 흉내를 낸 듯했다.

"뭐하고 있었는데?"

여우를 닮은 애가 다시 물었다.

"그냥."

쭈쭈바는 짧은 대답으로 얼버무렸다. 그런데 굳이 전학생이 나섰다.

"춤 연습했어. 이게 능력의 차이가 있다 보니까 쉽지는 않네."

그 말을 하면서 전학생은 나를 쓰윽 쳐다보았다.

"오, 비보잉?"

"아니, 그건 아니고."

전학생은 왜 우리가 여기에 모이게 되었는지 자세히 설명하기 시작했다. 간간이 끼어든 질문들에는 성심껏 답변하는 성의까지 보였다.

"하하하! 뭐야, 그게?"

그 끝에 돌아온 건 비웃음 비슷한 웃음소리였다. 그 애들은 회장 같은 게 돼서 무얼 하느냐며 우리를 이해하지 못했다. 하기야, 나 역시 그 애들의 마음을 모르지는 않았다. 그렇더라도 그런 비웃음이 기분 좋을 리는 없었다.

"그럼 반장은 뭐하러 해? 회장은 반장보다 훨씬 높아."

나는 목소리를 높였다.

"초등학생이냐? 반장을 하게."

그 대꾸에 나는 반박할 말이 옹색해졌다. 하지만 전학생은 아니었다.

"그런 논리라면 국회의원은 뭐하러 해? 또 대통령은 뭐하러 하고? 물론 학생회장의 역할이 아주 적긴 해. 힘도 없고. 그래도 학생을 대표한다는 것 자체만으로 얼마나 대단한 일이냐? 사실 학생회의 역할이 지금보다 더 커져야 되는 건 맞아. 난 고등학생이 이미 준 성인의 지위를⋯⋯."

언제나 그렇듯 전학생의 설명은 옆길로 빠졌다. 그 설명이 다시 제자리를 찾는 데는 얼마 동안의 시간이 필요했다. 그러거나 말거나 그 애들은 그날 밤에 만날 여학생들 얘기를 하는 데 바빴다. 와, 여자까지 만나다니! 나 역시 그 애들의 이야기에 정신을 쏟느라 전학생의 설명은 하나도 들어오지 않았다.

"듣고 있어?"

전학생도 그것을 알았는지 불만스런 목소리를 냈다.

"그래, 그래."

여우를 닮은 애가 귀찮다는 듯 말했다.

그 말을 믿었는지 전학생은 다시 본론으로 돌아갔다.

"한국이 좀 이상한 거야. 미국에서는 그게 얼마나 인정받는데. 서로 되고 싶어서 난리라고."

그 말은 여우 얼굴의 관심을 좀 끌었던 모양이다. 미국이라고 우리와 뭐 그리 다르겠냐고 그 애는 비웃었다.

아까는 할 말이 없었지만, 그 말에는 대꾸할 말이 있었다.

"아니야. 학생회장 되면 경력으로 쳐준대. 너 하버드 알지? 거기 들어가려면 성적도 좋아야 되고 경력도 좋아야 돼. 우리 학교에도 거기 들어가려고 출마한 애가 있다니까."

"하하. 너희 감영고잖아. 감영에서 뭔 놈의 하버드야?"

그 애들은 비웃었다.

"피제이? 너 피제이 말하는 거지? 걔는 그런 불순한 의도로 출마한 거야? 와! 진짜 안 되겠네."

전학생은 그 소문을 처음 들은 듯했다. 꼭 이겨야겠다며 그 애는 새삼스레 다짐했다.

"어? 피제이도 후보로 나왔어? 그 피제이?"

그 애들 중 한 명이 아는 체를 했다. 펭귄을 닮은 애였는데, 그나마 키가 작고 순한 인상이었다.

"피제이가 누군데?"

"있잖아. 인장 대가리. 우리 기수."

"너희도 피제이 알아?"

나는 그게 조금 놀라웠다.

"알지. 너희 학교 인장 유명하잖아. 피제이가 꽉 잡고 있다며."

펭귄이 피제이의 위세를 전했다. 그러면서 그 애랑 친하냐는 질문도 했다.

"친하겠냐?"

여우 얼굴이 피식 웃었다.

"안 친해."

전학생이 잘라 말하자 그 애는 거 보라는 표정이 되었다. 하지만 그 표정이 오래가지는 못했다. 전학생의 이야기 때문이었다.

"친할 수가 없지. 사실 내가 그런 걸로 꿍하거나 그런 성격은 아닌데 그 자식은 너무 비겁해. 기습을 하는 거야. 기습! 그것도 흉기로! 내가 킥복싱 배웠단 말은 했던가? 그래도 맨손으로 흉기를 어떻게 이겨? 에이, 내가 그 정도는 아니거든."

전학생은 턱없는 겸손함까지 과시하며 자신의 머리카락을 쓸어 올렸다. 상처는 딱지가 져 많이 아문 상태였다. 하지만 피제이의 과격함을 보여주기에는 충분했다. 그 애들은 서로 보겠다며 바짝 고개를 들이밀었다.

더욱 신이 난 전학생은 그때의 긴박했던 상황을 생생하게 전했다. 물론 그 설명이 정확하다고 할 수는 없어서, 순전히 전학생의 관점이었다. 하지만 딱히 거짓말이라고 할 만한 내용은 없었다. 그리고 그 내용을 어떻게 해석하는가는 듣는 사람의 몫이었다.

그 애들의 표정은 조금이나마 온순해져 있었다. 물론 전학생을 겁낸 것은 아니었다. 그렇다 하더라도 쉬운 목표를 두고 괜히 모험을 할 필요는 없었다. 그래서 그 애들의 화살은 쭈쭈바를 향했다.

"뭐 회장이야 할 만하다 쳐도 넌 뭐야? 춤도 추고 노래도 부르고."

네가 그렇게 잘났다 이거지? 그럼 넌 어때? 쭈쭈바를 향해 드러낸 이빨은 이전보다 더욱 노골적이었다.

"오락부장인가? 하하."

펭귄이 재미있다는 듯 웃었다.

무례하군. 나는 기분이 조금 상했다. 물론 그 기분을 표시하지는 못했다.

"뭐야?"

대신, 신경질 가득한 목소리로 쭈쭈바의 동생이 나섰다. 그리 친해 보이는 관계는 아니었지만, 그래도 형제라고 기분이 좋지는 않은 듯했다. 그리고 그 형제는 펭귄보다 위에 있는 게 분명했다. 그 말을 들은 펭귄은 애써 멋쩍은 표정을 지었다.

심화반 중에서도 기숙사에 들어가려면 공부를 잘해야 했다. 더 구나 저런 애보다 주먹도 강하다. 여러모로 쭈쭈바와는 비교되는 동생이었다.

"이제 가자."

그 동생의 주도로 그 애들은 주섬주섬 나갈 준비를 했다. 그런 데 쭈쭈바가 입을 열었다.

"난 규율부장이야."

국어책을 읽듯 어색한 말투였다. 그래서 영 자신감 없는 목소 리이기도 했다. 뭐하러 긁어 부스럼을 만드나, 동생은 조금 짜증 스런 표정이었다.

"그게 뭔데? 오락부장 다른 버전?"

여태껏 조용하던 들개가 처음으로 입을 열었다. 눈매는 유난히 날카로웠고, 이마에는 깊게 패인 흉터도 있어서 누가 봐도 험하 게 노는 애였다. 그리고 그 애는 쭈쭈바의 동생보다 강한 포식자 로 보였다. 이번에는 쭈쭈바의 동생이 멋쩍은 표정이 돼서 "그냥 가자" 하고 그 애를 말렸다.

"왜? 궁금하잖아."

그 애는 그런 인상 특유의 성질도 갖고 있었다. 다시 말해 괜한 시비였다.

"오락부장이 아니면 시다바리랑 같은 말인가?"

쭈쭈바의 얼굴은 점점 난처한 표정이 됐다. 그 표정을 상관하지 않고 들개를 닮은 그 애는 더욱 거들먹거렸다. 나중에는 내가 타깃이 되기도 했다.

하는 사람한테는 장난이지만, 당하는 사람한테는 굴욕인 그것. 그 애는 무슨 말을 하다가 주먹을 번쩍 치켜들었고, 나는 깜짝 놀라 얼굴을 감쌌다.

"장난이야, 장난! 사람 무안하게 왜 그래?"

펭귄도, 여우도, 들개도 크게 웃었다.

"와, 우리 부회장 쪼는 거 봐 봐. 규율부장님 발끈 안 하시나? 규율 좀 잡아야지."

펭귄은 쭈쭈바 동생의 눈치를 더 이상 살피지 않았다.

"너 임마, 규율부장님 화내시면 어쩌려고 그래? 우리도 선도부장 불러야 되잖아. 하하하."

여우 얼굴도 돕고 나섰다.

"선도부장?"

"그래, 선배가 선도부잖아. 규율부랑 선도부랑 같은 거니까 부장에는 부장 불러야지. 너도 제일 잘나가는 거 맞지?"

130

그 선배가 누구인지는 몰라도 무서운 형인 건 분명했다. 그 선배가 언급되자 들개는 잠깐이나마 선한 강아지가 됐다. 물론 그 표정은 얼마 가지 못했다. 얼마 가지 못했을 뿐 아니라 미간에 사나운 주름까지 새겨졌다. 전학생의 말 때문이었다.

"너희들 참 무식하다."

전학생의 말은 일단 그렇게 시작했다. 피제이와 있었던 사건, 그 사건을 미리 떡밥으로 깔아 놓지 않았다면 바로 주먹이 날아왔을 만한 망언이었다.

"뭐, 내가 장난이 무식한 거까지는 참겠어. 본래 우리 같은 나이에는 호르몬이 왕성하니까. 뭐 짐승처럼 천박한 장난일수록 즐거운 거지. 하지만 잘나간다는 말이 대체 뭔데?"

설마 '잘나간다'의 뜻을 모를까? '싸움을 잘한다'. 싸움이야 일일이 안 붙어 봤으니 모른다 쳐도 '야무지다' '야무져서 남들이 인정한다', 그 뜻을 몰라?

"물론 잘나간다가 나도 뭔지는 알아. 그런데 그거랑 규율부장이 뭔 상관이야? 무식하게. 이건 호르몬이랑 상관없이 그냥 무식한 거야. 너희들도 참 답답하다. 답답해. 그래도 너희가 3등급 무식에서 끝날 수 있으니까 내 말 잘 들어. 모르는 건 부끄러운 게 아니야."

그 애들의 도발에 화가 난 건지, 아니면 진짜로 규율부장의 의미를 잘못 이해해서 화가 난 건지. 여하튼 전학생은 왜 잘나가는 애가 규율부장에 맞지 않는가에 대해 설명을 시작했다.

"야, 폭력이나 공포 때문에 규칙을 따르는 건 일시적이야. 굴욕적인 거고. 그럼 폭력과 공포심이 사라지면 그 굴욕은 어떻게 돼? 굴욕이 아니라고 포장되겠지. 어떻게? 나쁜 짓에 굴복한 게 아니라 옳은 일을 따른 거라고. 그럼 그 사람들한테 폭력은 옳은 일이네? 그럼 그 사람들도 또 폭력을 쓰겠지. 옳은 일이라고 우기면서. 거기다 별로 욕도 안 먹을 거야. 비슷한 사람들끼리 서로 잘한다고 칭찬해 주면 되니까. 그렇게 칭찬도 하고 박박 우기기도 하고 그러면서 폭력을 쓰겠지."

아무리 전학생이라도 그 긴 말에는 목이 컬컬했는지 허험, 목을 한 번 가다듬었다. 그 틈에 포식자 삼인방을 쓰윽 둘러보는 일도 잊지 않았다. 그러고는 다시 말을 이었다. 나의 간절한 곁눈질을 상관하지 않으면서였다.

"근데 웃긴 게 더 폭력적일수록 더 잘나가는 거잖아. 그래. 너희가 말하는 그거. 그럼 그런 애들이 또 선도부장이 되고. 이게 말이야 글이야? 완전 무한루프 도돌이표지."

전학생은 내 생각만큼 답답하지는 않아서 '잘나간다'의 뜻도 알고 있었다. 그래서 또, 내 예상보다 더 답답한 애라는 생각도 들었다. '잘나간다'의 의미에 잘 들어맞는 포식자 삼인방의 표정이 심상치 않았다.

아무런 제제 없이 가만있는 모습은 오히려 경계해야 할 징조였다. 선빵을 날릴 기회를 살피는 게 분명했다. 선빵이란 먼저 하는 공격을 말하는데, 잘나간다는 애들은 백이면 백, 그걸 날리기 마련이었다. 그것을 아는지 모르는지 전학생은 입을 다물지 않았다.

"차라리 그 잘나간다는 애는 다른 역할에 더 잘 어울려. 그래서 내가 신가리 같은 애를 환경부장으로 쓰는 거야. 그건 또 의미가 다르거든. 그것도 설명하자면……."

"신가리? 걔를 환경부장 시킨다고?"

다행히 주먹이 먼저 날아오진 않았다. 펭귄에게는 신가리와 우리의 관계를 확인하는 일이 선빵보다 더 급한 일인 듯했다.

"신가리는 또 누군데?"

들개가 신경질적으로 물었다. 험악한 표정을 지은 채였다.

"아, 있잖아. 너 몰라? 너 그럼 프랑켄 알지?"

프랑켄이라는 별명의 그 선배는 우리 학교 3학년이었다. 그 선배가 3학년을 다잡는다는 건 누구나 아는 사실이었다. 동시에 인장의 대가리였으니, 어쩌면 우리 학교 최정점에 있는 인물이었다. 그리고 그런 인물답게 많은 소문이 따라다녔다.

사실 우리는 농담 반, 진담 반으로 '기칠말삼'이라는 말을 하고는 했다. 싸움에서는 기세가 칠십 프로에 말발이 삼십 프로라는 뜻이었다. 그런데 프랑켄이나 신가리, 그 정도의 레벨에서는 다른 말이 더 적당했다. 내 생각으로는 기세 삼십에 따라다니는 소문 칠십, '기삼소칠'이었다.

그런 면에서 프랑켄의 소문은 거의 완벽에 가까웠다. 누구누구를 이겼다, 연장을 썼다, 그 정도가 아니었다.

무슨 여고의 누구를 어쨌다, 후배 누군가를 어딘가에 팔아넘겼다, 지고는 못 살아서 칼도 잘 쓴다, 그 정도였다. 무슨 도시 괴담도 아니고 염산 테러를 당했다는 소문까지 있었다. 그래서 눈썹위로는 〈나이트메어〉의 프레디 같은 피부라는 웃지 못할 내용이었다.

어쨌든 그런 소문들이 따라다니는 프랑켄을 들개를 닮은 그 애도 알고 있었다.

"프랑켄은 나도 알아."

"그런데 신가리를 몰라? 왜 있잖아! 프랑켄 밑에 피제이, 신가리 위에 프랑켄. 그 말도 안 들어봤어?"

"씨바, 쏘세지 광고냐? 유치하게."

프랑크 소시지의 프랑크가 아니라 프랑켄슈타인의 프랑켄이었지만, 들개 얼굴은 그렇게 말했다. 프랑크든 프랑켄이든 유치하다는 그 말이 틀린 것 같지는 않았다. 어쨌든 나도 그 말을 알고 있었는데, 다른 학교 애들도 알 줄은 몰랐다.

"프랑켄은 알면서 신가리를 몰라?"

펭귄을 닮은 애는 마치 자신이 신가리라도 되는 양 답답해했다. 그러면서 신가리의 유명세와 무용담에 관해 침을 튀겨가며 설명했다.

"그럼 개도 인장이야?"

"선인장? 그건 모르지. 여하튼 너 선도부장 오거리파 꼬마인 건 알지? 신가리는 꼬마도 아니고 정식이래, 정식! 선배 위라고!"

꼬마와 정식이라는 단어는 꼬꼬마와 정식 식구의 줄임말이었다. 펭귄을 닮은 애가 우리들 사이에서 흔히 쓰이던 그 단어들과 선도부장이라는 선배의 위세를 빌려 신가리를 설명했다.

그런 친절한 설명을 들은 들개 얼굴은 갑자기 온화한 표정이 되었다. 그리고 쭈쭈바는 그 표정을 놓치지 않았다.

"사실 내가 신가리보다 야무지지는 않지!"

그런 기회를 그 누구보다 잘 살리는 쭈쭈바였다.

"그래도 내가 그랬어. 나는 사랑으로 애들을 지도하겠다. 그러니까 내가 규율부장을 해야 한다. 내가 그랬어, 안 그랬어?"

꼭 신가리에게 했다는 것처럼 들리는 말이었다. 하지만 굳이 따지자면 거짓은 없었다. 전학생은 쭈쭈바의 말이 맞다며 고개를 끄덕였다.

쭈쭈바는 좀 전과는 정반대인 표정, 자신감과 거들먹거림이 적절히 조화를 이룬 표정으로 말을 이어갔다.

"그래서 어쩔 수 없이 신가리는 환경부장을 하기로 한 거야. 별수 있나? 친구인 내가 하겠다는데."

호랑이 등에 탄 토끼, 신가리에게 업힌 쭈쭈바였다. 그런데 눈치 없는 전학생은 쭈쭈바의 옷자락을 자꾸만 잡아끌었다.

"그건 아니지. 환경부장 시킨다고 한 건 나였잖아. 너는……."

"말은 니가 했어도 우리랑 상의 먼저 했잖아."

얼른 내가 끼어들었다.

"그건 그렇지."

전학생은 별다른 말 없이 수긍하는 표정이 됐다.

내친김에 나는 쭈쭈바를 위해 적극적으로 나섰다.

"우리 신가리 집에 놀러 갔었잖아? 그때 신가리 서운해하더라. 너 안 왔다고."

"언제? 신가리가 그랬다고?"

전학생이 물었다. 나는 벌써 거짓말을 준비하고 있었다. 네가 화장실을 갔을 때 오고 간 말이라고 하자 전학생은 고개를 끄덕였다.

"아, 그 새끼! 지가 학교에 나오면 되지. 조만간 나도 신가리 한번 놀러가야겠다."

아차, 쭈쭈바는 실수를 했고, 전학생은 언제나처럼 그 실수를 지적했다.

"어? 신가리 아니고 방대동인데, 그치?"

전학생의 질문에 나는 당황했다. 그러나 쭈쭈바는 침착했다.

"에이, 그냥 신가리니까 신가리라고 한 거지. 걔가 제주도엘 가 봐라. 거기도 신가리지. 하하하."

그 대응이 자연스러워서 위기를 기회로 삼은 격이었다. 뭐, 자연스럽지 못했더라도 상관없는 일이었다. 그 애들은 이미 순한 양 같은 표정이었다. 그런데 그동안 아무 말이 없던 로댕이 쐐기까지 박았다. 저음이었고, 타이르듯 온화한 목소리였다. 그래서 섬뜩하게 들리는 목소리이기도 했다.

"감영이라 우습지?"

있는지 없는지 몰랐던 로댕이었기에 나마저 갑작스러웠다.

가만히 생각해보면 로댕은 사람을 놀라게 하는 재주가 있었다. 민주주의를 잘 알고, 글씨는 못 쓰는데 춤은 잘 춘다. 그리고 묘한 미소로 겁을 줄 줄도 안다. 로댕은 웃으면서, 정확히는 눈은 가만히 두고 한쪽 입꼬리만 치켜올리면서 그렇게 말했다. 그 웃음이 의도한 것인지, 아니면 실패한 미소인지 파악할 수는 없었다. 하지만 그 탄탄해 뵈는 덩치와 어울려 무언가 위압적이었다.

그 위압감을 빼더라도 로댕의 말에는 많은 의미가 담겨 있었다. 특히 감영이라는 단어가 그랬다. 학교 안의 우리는 비록 쭈쭈바, 따까리, 미친놈, 로댕이었지만 밖에서는 달랐다. 학교 밖 우리는 그냥 똥통 감영에 다니는 꼴통 애들이었다. 그렇다면 그것만으로도 잘나간다는 기준의 어느 정도는 채울 수 있었다.

물론 그때 그런 자세한 계산이 있지는 않았다. 그 애들의 움찔하는 표정에서 묘한 자신감을 얻었을 뿐이다. 그 자신감으로 난생전 처음 목소리에 힘을 줬다.

"야, 그만해. 얘들이 뭘 알겠어?"

기껏 그 정도였지만, 나의 심장은 크게 요동쳤다. 괜히 했다. 후회 때문에 눈앞이 깜깜해지는 기분이었다.

다행히 그때 전학생이 날 도왔다. 의도는 없었겠지만, 결과가 그랬다.

"그래, 그만해. 로댕 너 참 이상하다. 왜 갑자기 분위기를 험악하게 만드는 거야? 쟤들도 아까 내 말 듣고 가만히 있었잖아. 그 정도면 성의를 표시한 거지. 저만한 나이 때 애들이 그 정도 했으면 사과로 쳐도 돼."

그런 상황에서는 전학생의 미련함이, 좋게 말해서 순진함이, 오히려 효과적이었다. 앞뒤 생각 없이 명쾌했던 그 목소리는 상대방은 안중에도 없다는 대범함으로 들렸다.

"로댕! 빨리 사과해!"

그리고 그 말은 상대방을 위협하는 협박처럼 들리기도 했다. 그래서 여전히 무표정한 로댕을 대신해서 펭귄을 닮은 애가 나섰다.

"아니야. 괜찮아. 우리가 오해를 살 만했잖아. 근데 무시하고 그런 거 진짜 아니야. 그치?"

그 애는 한껏 공손한 말투로 들개의 동의를 구하기까지 했다.

제발, 제발! 난 맘속으로 기원했다.

"으…… 응. 오해야."

야호!

"좋았어. 그럼 이만 끝내는 거다. 오케이?"

전학생의 그 말처럼 우리가 오케이만 하면 끝이었다. 나는 오케이를 표시하느라 한껏 온화한 미소를 지었다. 로댕이야 원래 말이 없으니 별로 상관이 없었다. 그런데 쮸쮸바에게는 그 상황이 오케이가 아니었다.

"오해라고 하면 끝나?"

로댕만큼은 아니었다. 그래도 제법 어울리는 말투였다. 그 말투로 쮸쮸바는 승부, 그래, 승부를 걸었던 것이다.

난 쮸쮸바를 이해했다. 거기는 다름 아닌 자신의 집이었고, 그 집에 자신의 형제가 있었으니 말이다.

쮸쮸바의 말에 상대방은 아무 말이 없었다. 그리고 그 시간이 길어질수록 방 안에 들어찬 긴장감은 그 크기를 키웠다.

"왜? 다이다이 함 뜰까?"

그만! 나는 소리칠 뻔했다. 크고도 무거운 그 긴장감에 쮸쮸바는 굴복하려 하고 있었다. 동시에 그 긴장감에 지지 않으려는 안간힘이기도 했다. 그래서 들개를 노려보는 쮸쮸바의 눈에서는 비장함마저 묻어났다.

그런데 그 비장함은 그리 오래가지 못했다.

"신가리 불러서 심판 보게 하고 한판 뜨자."

아, 결국은 졌다. 방금 전까지의 쮸쮸바는 사라지고 여태껏 내가 알던 쮸쮸바가 나타났다. 눈빛이 멍하니 흐려진 쮸쮸바는 결국 그렇게 말하고 말았다. 신가리라니! 더구나 심판이라니!

하지만 그런 안타까움은 성급한 것이었다.

"미안."

이마의 흉터가 선명한 그 애가 분명 그렇게 말했다.

신가리라는 유치한 카드가 통했을 리는 없었다. 그렇다면 그 승리는 온전히 쭈쭈바의 것이었다. 쭈쭈바의 승부가, 결심이 그리고 그 비장함이 승리하는 순간이었다.

"이야, 보기 좋다. 너도 이제 화해해라."

장하다, 쭈쭈바. 나는 쭈쭈바의 승리를 널리 알렸다.

쭈쭈바는 보일 듯 말 듯한 미소와 함께 손을 내밀었다. 그 미소 속에 담긴 벅찬 감격을 난 짐작할 수 있었다. 내미는 손이 굼뜬 이유는 아마 그 감격을 오래오래 음미하기 위해서였을 것이다. 쭈쭈바는 손을 내밀면서 쓰윽 주위를 둘러보았다. 그리고 그 눈빛은 자신의 동생에게 가장 오래 머물렀다. 동생은 얼른 고개를 숙였다. 하지만 난 알 수 있었다.

'너 이 자식, 이제 나 형이라고 부를 거지?'

'뭔 소리야? 내가 형이지.'

'하하하. 귀여운 동생이 아양도 떨 줄 아네.'

'어쭈, 그러다 나한테 맞는다…… 형!'

둘 사이에 오고 간 무언의 대화를. 그 유치한 대화를.

"야, 둘 다 멋있다."

들개를 닮은 애가 손을 맞잡자 나는 큰 소리로 쭈쭈바의 승리를 축하해 줬다.

쭈쭈바는 머리를 긁적였다. 승리의 포즈치고 모양이 살지는 않았다. 그래도 처음이란 걸 감안한다면 이해할 만한 수준이었다. 더욱이 그것을 경험으로 다음에는 더 잘할 수 있을 터였다. 그 기회가 또 생기리란 보장은 없었지만 말이다.

# 강구 형과 프랑켄

"빰빠라빰빠 빰빠 빰빠라 빰빠빠. 워워워 워우에~."

양손은 배꼽에, 고개는 숙인 채로 있다가 둘, 셋!

"숨 가쁘게 살아가는 순간 소옥에도~."

오른손을 쭉 뻗고, 다음은 왼손. 크게 원을 그린 뒤에

"우린 서로 이렇게 아쉬워하아는걸~."

뜀뛰기! 뜀뛰기! 팔짝팔짝, 뜀뛰기!

"아직 내게 남~ 아 있는 많은 날들을~."

아, 숨고 싶다. 저 뜨거운 시선들 속에서 도망치고 싶다.

쭈쭈바의 집에서는 괜찮게만 생각되던 나의 춤이 막상 실전에 나오자 그 진가가 드러났다. 지나가는 애들은 키득댔고, 자기가 민망한 듯 애써 외면하는 애들까지 있었다.

나의 얼굴은 달아올랐다. 그러거나 말거나 나머지 셋은 더욱

열심이었다. 그래서 우리의 춤은 따로 놀았다. 유난히 몸짓에 힘을 주는 로댕 때문에 더욱 그래 보였다. 그런데 우리가 그렇게 어설프면 어설플수록 애들은 즐거워했다. 비웃음이든 무엇이든 그것은 관심이어서, 의도치 않게나마 우리의 바람은 성공이었다.

그것에 자극받았는지 오크 쪽에서도 승부를 걸어왔다. 운동원들 중 하나가 몇 걸음 앞으로 나와서는 어려운 춤을 춰대기 시작했다. 손에 낚시 장갑을 낀 그 애는 로봇이 돼서 활을 쏘거나 도끼질 비슷한 동작을 했다.

오, 로댕! 로댕도 질 수 없었는지 지잉지잉 로봇의 발동작으로 앞으로 몇 걸음 나아갔다. 그러더니 똑같이 활을 쏘고, 도끼질을 했다. 물론 나의 눈으로도 조금, 아주 조금 부족해 보이기는 했다. 하지만 상관없었다. 그 정도는 우리도 할 수 있다는 걸 보여 주는 게 중요했으니까.

"흥."

상대방은 춤꾼다운 콧방귀를 뀐 다음에 살짝살짝 스텝을 밟았다. 그러더니 갑자기 바닥에 등을 대고는 팽이처럼 돌기 시작했다. 아무리 흙이라도 등판이 아프지도 않은지 잘도 돌았다.

아, 로댕! 로댕은 더욱더 열심히 활을 쏘고, 도끼질을 할 뿐이었다. 분명히 앞에 있는데도 그 애가 보이지 않는 듯, 시선은 어디 먼 곳을 향해 있었다.

상대방은 팽이도 모자라서 양팔을 다리 삼아 펄쩍펄쩍 뜀까지

뛰었다. 우리의 로댕은 여전히 활을 쏘고 도끼질을 했다. 상대방은 내친김에 물구나무 비슷한 것도 섰다. 그 자세로 한동안 움직이지 않았다. 물론 로댕은 계속 활을 쏘고 도끼질을 했다.

"흥."

상대방은 승자다운 콧방귀를 뀌고는 건들건들 자리로 돌아갔다. 로댕도 지잉지잉 자리로 돌아왔다. 낙담? 만족? 워낙 한결같은 표정이라 마음을 읽기는 힘들었다. 어쩌면 '아무렇지도 않은 척'에 가까운 표정이었다.

어쨌든 우리는 더욱더 열심히 춤을 췄다. 로댕의 노력에 답한 것은 아니었다. 그 애의 뻔뻔함과 비교한다면 우리의 춤 정도는 부끄럽지도 않았다. 그리고 부끄러움이 없으니 춤은 즐거운 쪽에 가까웠다. 우리는 즐거움에 취해 온 힘으로 춤을 췄다.

상대방도 지지 않았다. 온몸에 땀을 뻘뻘 흘리면서도 기어코 쉬엄쉬엄하지 않았다. 우리는 뭐, 별로 상관없었다. 상대방이 잘할수록 우리의 춤은 더욱 눈에 띄었으니까.

그 애들은 분개했을 테지만, 전학생은 윈윈전략이라고 했다. 우리가 못할수록 그 애들의 실력이 관심을 끌고, 그 애들이 잘할수록 우리의 어설픔이 관심을 끈다. 그러니 서로에게 좋은 일이라는 주장이었다. 그런데 그 윈윈전략도 하루밖에 가지 못했다.

다음 날 아침, 우리는 평소보다 일찍 정문에 도착했다. 하지만 첫 번째가 아니었다. 2등도 아니어서 세 번째였다. 오크뿐 아니라 피제이와 그 애의 운동원들도 나와 있었다. 드디어 피제이도 선거운동에 뛰어든 것이었다.

피제이의 참전이 어쩌면 우리와는 상관없는 본래의 계획이었는지도 모른다. 혹은 위기감 때문이었다 하더라도 그 위기감의 대부분은 오크 때문이었을 것이다. 하지만 나에게는 그 애들이 우리처럼 정문에 나와서 우리처럼 구호를 외친다는 사실이 중요했다.

나는 그동안의 노력이 조금이나마 보상받는 기분이었다. 특히, 운동원들 사이에 끼어 있는 까마귀를 보고는 더욱 그랬다. 그 애는 까악까악, 온 반을 휩쓸고 다니던 그 까마귀가 아니었다. 그냥 피제이 옆에 선 선거운동원들 중 한 명이었다.

'어? 너 나 선거운동 한다고 비웃었잖아? 근데 넌 지금 뭘 하고 있는 거야?'

난 큰 소리로 물었다. 물론 상상 속에서였다.

그 상상만으로도 삐질삐질 웃음이 새어 나왔다.

"넌 지금 이 상황에서 웃음이 나와?"

전학생이 투덜댔다.

이 상황이란 위기 상황이었다. 다시 말해, 가만있어도 일등인 피제이가 선거운동에 직접 뛰어들기까지 한 상황이었다. 더욱이 운동원으로 등록된 여섯 명 모두가 나왔다. 또한 그 운동원들의 면면이 화려하기까지 했다. 그 화려함이란 까마귀가 나에게 과시하던 그런 종류의 화려함이었다. 즉, 그 애들 모두 선인장의 멤버들이었다.

질 수 없다. 나는 더욱더 열심히 춤을 췄다. 슬금슬금 눈치를 보지도 않았고, 아는 애가 지나간다고 딴청을 피우지도 않았다. 춤도 몸에 익었는지 우리의 동작은 제법 잘 들어맞았다. 그건 그대로 또 묘한 만족감이 있었다. 그러나 그런 만족감은 얼마 가지 못했다.

"야! 그만, 그만!"

내 뜻이 아닌 타인에 의해서였다.

선거관리위원장이라는 3반 반장이었다. 혼자는 아니었고, 두 명이 따라왔다. 둘 중 한 명은 까마귀의 친구여서 낯이 익었는데, 소위 잘나간다는 애였다. 선거관리위원쯤 되는 모양이었다.

"빨리 음악 꺼! 규칙을 지켜야지."

3반 반장, 그러니까 위원장이 소리쳤다.

그런 규칙이 어디 있냐며 우리는 상관하지 않았다. 그러자 까마귀의 친구, 그 험상궂게 생긴 애가 스피커 선을 확 뽑았다. 무슨 짓이냐는 우리의 항의도 소용이 없었다. 그 애들은 우리의 항의를 귓등으로도 듣지 않고, 스피커까지 챙겨 들더니 오크 쪽으로 갔다.

거기의 저항은 우리보다 커서 욕 비슷한 말도 오고 갔다. 그리고 까마귀 친구와 운동원들 중 한 명 간에 작은 몸싸움도 있었다. 이른 시간이라 많지는 않았지만, 구경하는 애들이 하나둘 늘어났다.

전학생은 그 구경꾼들보다 훨씬 적극적이었다.

"내가 규정집을 달달 외우는 사람이야! 춤추면 안 된다는 규칙이 대체 어딨어?"

전학생을 대표로 한 우리의 항의와 오크 쪽의 거친 몸짓, 그리고 하나둘 늘어나는 구경꾼들의 시선. 위원장은 그 모든 것이 부담스러울 수밖에 없었다. 기세에 밀린 위원장은 웬일인지 피제이에게 다가갔다. 그 애는 무언가를 말하고 싶어 하는 눈치였다. 하지만 피제이는 눈길 한 번 주지 않았다.

피제이 주위를 잠시만 서성이던 위원장은 그 길로 어디론가 사라졌다. 그러고는 얼마 뒤에 돌아왔는데, 선거 지도교사 춘방 씨와 함께였다.

"내가 위원장 말 잘 들으라고 했잖아."

춘방 씨는 특유의 그 귀찮아하는 목소리로 말했다.

"쟤들이 막 그러잖아요. 없는 규칙을 지키라는데 어떻게 지켜요?"

억울함이 가득한 목소리로 전학생이 대신 나섰다.

그 말에 춘방 씨는 쓰윽 위원장을 쳐다봤다. 규정에 있다며 그 애는 인쇄물 한 장을 건넸다. 예전에 우리도 나눠 받은 선거 규정에 관한 인쇄물이었다.

"시끄럽다고 난리예요."

춘방 씨가 그것을 살펴보는 동안 위원장이 말했다.

선생님은 별 대꾸 없이 인쇄물을 전학생에게 건넸다. 그러고는 줄 쳐진 곳을 읽어 보라고 했다. 곁눈으로 살펴본 거기에는 빨간 밑줄 몇 개가 그어져 있었다.

"제3조, 금지 사항!"

전학생은 당당한 목소리로 시작했다. 그런데 4번을 읽을 때쯤엔 그 목소리가 작아졌다.

"사, 학습 환경을 해치는 행위. 오, 다른 후보를 비방하거나 선거운동을 방해하는 행위. 육, 기타 지도교사와 선거관리위원회에서 금지한 행위. 위의 각 조항을 무시할 시 후보 등록을 무효로 할 수 있다."

"몇 번 위반이야?"

"6번이요."

전학생은 주저하는 목소리로 말했다. 그러자 곧바로 위원장이 끼어들었다.

"4번이잖아."

"이게 어떻게 학습 환경을 해치는 거야? 구호는 되고 음악은 안 돼? 인사는 되고 춤은 안 되냐고?"

"소음이나 그런 건 둘째 문제라니까. 학습 분위기라는 게 있잖아. 신고까지 들어왔다니까 그러네."

위원장도 지지 않았다.

"둘 다 조용. 4번이든 6번이든 규정대로 해."

그렇게 말한 춘방 씨는 느릿한 걸음으로 사라졌다.

별수 없이 우리는 4번이든 6번이든 그 규정을 따라야 했다. 그래서 다시 처음 방법으로 돌아가 구호를 외쳤다. 하지만 효과가 적었다.

신이 안 나는 건 둘째 문제였다. 우선 피제이 쪽의 규모를 이기기가 힘들었다. 그 애들은 우리보다 두 배나 많았을 뿐 아니라, 목까지 쉬어가며 고래고래 소리를 질렀다.

"역효과야. 역효과."

교실로 들어가는 길에 쭈쭈바가 내린 진단이었다.

"왜?"

"니가 후보가 아니라고 쳐."

"그래."

"피제이 옆에 까마귀도 있었지?"

"응."

"너 같으면 피제이 뽑겠냐, 안 뽑겠냐?"

그 물음에 나는 조금 당황했다.

"그거야 뭐…… 뽑을 수도 있고…… 안 뽑을 수도 있고."

"그러니까 뽑는다고, 안 뽑는다고?"

"아니, 후보를 봐서 뽑든가 말든가……."

"그래, 그래. 그렇다고 치자."

쭈쭈바는 묘한 미소를 지었을 뿐 별다른 반박을 하지는 않았다. 나 역시 그 미소에 대해 따져 묻지 않았다. 정확히 하자면, 따져 묻지 못했다.

내 생각에도 쭈쭈바의 말이 맞았다. 각 반의 까마귀들을 모아 펼치는 선거운동은 역효과가 날 게 뻔했다. 아마 별 생각 없이 등록했던 운동원들을 어쩔 수 없이 동원한 결과였을 것이다. 그러니까 자승자박, 자기 손으로 자기 발목을 잡은 꼴이었다. 하지만 우리도 아는 사실을 피제이가 모를 리 없었다.

전화위복, 피제이는 그 화를 복으로 바꾸기 위한 시도에 나섰다.

그날 점심시간을 알리는 종이 막 울렸을 때였다. 잠깐만 기다려보라며 피제이가 소리쳤다. 무슨 일일까? 우리 반 모두는 긴장했다.

"먼저 시간을 뺏어서 미안하다는 사과부터 할게. 딱 오 분만 주라. 우리 반부터 시작하는 게 의미 있다고 생각했거든."

우리가 했던 순회 연설을 피제이도 하려는 모양이었다. 잠시 뒤, 까마귀뿐 아니라 다른 반의 운동원들까지 우리 반에 전부 모였다. 그 애들이 피제이의 뒤에 나란히 서자 연설은 시작되었다.

"이 순간에는 친구가 아닌 유권자니까 존댓말을 쓸게. 열심히 준비는 했는데 잘할지 모르겠다. 웃지는 말아 줘."

피제이는 인사를 했고, 애들은 박수를 쳤다. 피제이에 대한, 그러니까 권력에 대한 조건반사였다. 물론 나 역시 그 조건반사에서 자유롭지는 못했다.

"안녕하십니까"로 시작된 그 연설은 평범했다. 자기소개를 한

다음 왜 자신이 회장이 돼야 하는지 설명했다. 물론 하버드에 가기 위해서라고는 하지 않았다. 학생을 대표하는 어쩌고저쩌고, 학교의 발전을 위해서 어쩌고저쩌고, 판에 박힌 이야기였다. 공약들도 평범했는데, 비장의 카드는 그 공약의 끝에쯤에 나왔다.

"저는 폭력 없는 학교를 만들겠습니다. 예, 알고 있습니다. 그 폭력에 그동안 저는 눈감고 있었습니다. 그래서 사과부터 먼저 드립니다."

피제이는 교탁에서 옆으로 한 발 벗어나 자기 몸을 전부 드러냈다. 그 뒤에 허리까지 완전히 접는 구십도 인사를 했다.

"그리고 뒤에 선 제 친구들이 그 폭력의 주동자였던 것도 압니다. 그래서 다시 한번 사과드립니다."

이번에는 뒤에 선 여섯 명까지 피제이와 함께 고개를 숙였다. 그중에서 피제이가 먼저 허리를 폈다. 나머지 애들은 그대로였다.

"이 자리에서 저는 약속드립니다. 제가 회장이 된다면 뒤에 선 이 친구들은 절대 폭력을 휘두르지 않을 것입니다. 언어적이든 육체적이든 그 어떤 폭력도 없을 것입니다. 그리고 이 친구들의 친구들도 저와 약속했습니다. 절대 폭력을 쓰지 않겠다고 말입니다."

교실 안은 웅성거렸다. 그 웅성거림이 줄어들기를 기다렸다가 피제이는 다시 연설을 이어갔다.

"만약 폭력이 발생한다면 제가 책임지고 해결하겠습니다. 물론 여러분에게 강요하는 것이 아닙니다. 그동안 철없이 굴었던 저 친구들과 저 친구들의 주변 사람들에 관한 것입니다. 만약 제가 회장이 됐는데도 폭력이 발생하면 저를 개새끼라고 불러도 좋습니다. 아니, 그때는 제가 저 스스로를 개새끼라고 생각할 것입니다. 여러분!"

충격적이면서도 획기적인 공약이었다. 각 반의 까마귀들을 절대 까악댈 수 없게 만들겠다니! 불가능한 공약도 아니었다. 교단에 선 여섯 명만이라도 그 약속을 지킨다면 성공이었다. 그것만 하더라도 공약을 실천했다고 나는 인정할 용의가 있었다.

충격을 받은 사람은 나만이 아니었다.

"나 후보 사퇴할 거야."

전학생은 그렇게 말했다. 어쨌든 피제이는 그 공약을 실천할 힘이 있고, 그것이 실천된다면 얼마나 좋은 일이냐는 것이었다.

"걔가 약속을 지킬 것 같아?"

나는 전학생을 설득했다. 스스로를 설득하는 말이기도 했다. 그만큼 그 공약은 매력적이었다.

가장 열심히 사퇴를 말린 애는 쭈쭈바였다. 하지만 전학생은 심드렁했다. 그리고 가장 말이 적은 애는 물론 로댕이었다. 조용하던 로댕은 딱 두 마디의 말을 했다.

"무한루프 도돌이표."

무슨 헛소리냐고 쭈쭈바는 툴툴댔다. 쭈쭈바의 방에서 전학생이 떠들었던 그 폭력론이었다. 하지만 쭈쭈바는 그것을 기억하지 못하는 모양이었다. 나는 대충이나마 그 말의 의미를 기억해냈다.

거기다가 나 역시 나만의 폭력론이 있었다.

"폭력은 금연이야!"

'담배 정말 나쁘지. 금방 끊을 거야. 근데 꼭 나쁜 점만 있는 건
아니다. 뭐냐면…… 알았어, 알았어. 다음 주부터는 딱 끊는다!'

아버지부터 둘째 삼촌까지, 그 수많은 사람 중에 금연 약속을
지킨 사람은 일부뿐이었다. 유치원 때부터 지금까지 내가 받았던
수많은 사과. 미안, 다시는 안 그럴게. 그 약속을 지킨 사람은 몇
명이었을까? 나는 피제이의 약속도 헛됐다는 사실을 깨달았다.

쭈쭈바의 온 힘을 다한 설득, 로댕의 무한루프, 나의 어설픈 폭
력론, 그것들 중 무엇이 전학생의 마음을 되돌렸는가는 잘 모르겠
다. 어쨌든 전학생 역시 사퇴를 철회했고, 우리는 다시 파이팅을
외쳤다.

하지만 전학생은 한번 잃은 열의를 쉽게 되찾아오지 못했다.
각 후보자의 소견 발표가 예정된 그날도 마찬가지였다. 전학생은
그 애답지 않게 연설문도 미리 준비해 오지 않았다. 대충 하면 된
다고 심드렁하게 말했을 뿐이다.

소견 발표는 전체 조회 시간에 했다. 평소라면 방송으로 하는
경우가 대부분이었지만 그날은 운동장에 모였다. 교장의 훈시는
없었고 국민의례도 국기에 대한 경례만 했다. 그 간소화된 국민
의례 뒤에 피제이가 가장 먼저 마이크를 잡았다. 연설은 기호 순

서대로 한다고 했다.

피제이의 연설에 새로움은 없어서, 며칠 전의 그 순회 연설에서 익히 들은 내용들이었다. 하지만 표현이 그때만큼 직설적이지는 않았다. 물론 운동원들이 모여 인사를 하는 쇼맨십 같은 것도 없었다.

1학년과 3학년을 위한 공약은 처음 듣는 내용들이었다. 그 애는 상급생들이 1학년 교실에 들어가지 못하게 하겠다고 말했다. 1학년 때를 돌이켜보면 괜히 교실에 들어와 무언가를 뜯어가는 2학년들이 있기는 했었다.

3학년들에게는 매점 뒤편의 쪽문을 개방하겠다는 약속을 걸었다. 3학년 건물과 가까웠던 그 문은 관리를 이유로 항상 닫혀 있었다. 그 공약 역시 나름 머리를 쓴 흔적은 보였다. 하지만 다른 학년의 맞춤 공약들만큼 효과적이지는 않을 듯했다. 따로 준비해 둔 전략이 있었는지, 아니면 그것만으로 충분하다고 생각했는지 알 수는 없었다.

다음 후보는 기호 2번, 오크였다. 그 애는 그 별명처럼 등장부터 요란스러웠다. 마이클 잭슨이 추는 문워크로 단상에 다가가더니, 거기를 올라갈 때는 "헛 둘! 헛 둘!" 크게 구호를 붙였다.

"아, 아, 마이크 테스트. 뻴리 진~ 뻴리 지인~."

애들이 일제히 웃음을 터뜨렸다. 물론 나는 웃지 않았다. 앞에서 말했듯이 나와 맞는 유머 코드는 아니었다.

그 애는 바지 뒷주머니에서 선글라스까지 꺼내 썼다. 인상을 찌푸린 몇몇의 선생님들 중 제재에 나서는 사람은 없었다.

"여러분! 제가 왜 썬글라스를 쓰고 나왔는지 아십니까?"

그 애는 별다른 인사도 없이 다짜고짜 질문부터 했다.

몇 명이 "아니요!"라고 외쳤다. 그 애의 선거운동원들이었다.

"제가 잭슨 형님을 좋아해서가 아닙니다, 여러분. 그것도 아니면서 제가 왜 썬글라스를 쓰고 왔는지 아십니까?"

그 애는 같은 질문을 다시 했다.

콘서트의 함성 같은 것을 원했겠지만, 키득거리는 웃음소리만 여기저기서 들려왔다.

"바로 이것 때문입니다!"

그 애는 선글라스를 벗으며 자신의 눈을 가리켰다.

"이 시퍼렇게 멍든 눈을 감추기 위해 저는 어쩔 수 없이 썬글라스를 써야 했습니다, 여러분!"

키가 작아 앞 번호였던 나는 단상과 가까운 곳에 서 있었다. 하지만 그 멍은 눈에 잘 보이지 않았다. 있다고 하니 그냥 있는가 보다 하는 정도였다.

"여러분! 그럼 이 멍이 왜 생겼는지 아십니까?"

"아니요!"

아까보다는 더 많은 애들이 소리쳤다. 장난스런 목소리였다.

"누군가에게 맞았기 때문입니다, 여러분! 그럼 누구에게 맞았을까요, 아십니까?"

"아니요!"

이번에는 제법 많은 애들이 대답을 했다.

"그건 알 필요가 없습니다, 여러분. 저는 일러바치러 나온 게 아니니까 말입니다."

"우~! 우~!"

이제까지의 대답들보다 훨씬 큰 야유가 터져 나왔다. 선생님들 몇이 조용히 하라고 소리를 쳤다.

"누구한테 맞았는가는 중요하지 않습니다. 왜 맞았는지가 중요하지요, 여러분!"

그 말 뒤에 잠깐 뜸을 들인 오크가 다시 말을 이었다.

"여러분! 제가 왜 맞았는지 아십니까?"

"아니요!"

이제, 제법 콘서트장의 함성과 비슷한 크기였다. 단지 목소리의 느낌이 좀 달랐다. 코밑이 거뭇한 수천 명의 남학생들이 한꺼번에 낸 소리였다. 수컷의 호르몬으로 가득한 그 함성은 어딘가 거북스러운 데가 있었다.

어쨌든, 개그맨은 몰라도 사회자로는 성공할지도 모른다, 나는 생각했다.

"저는 어제 후보를 사퇴하고 자기를 지지하면 고가의 게임기를 주겠다는 제안을 받았습니다. 게임을 좋아하니까 그걸 쓰라면서

말이지요. 이것들이 어디서 그런 사적인 정보까지 수집했는지는
모르지만! 제가 누굽니까? 저는 당당히 그것을 거절했습니다. 국
산도 아닌 일제 최고급 플레이스테이션! 저는 그것을 거절한 겁
니다. 그러자 그놈들은 저에게 폭력을 휘둘렀습니다. 비겁하게 떼
로 덤벼들어 저에게 폭행을 가한 것입니다, 여러분! 그러면 그 후
보가 누군지 아십니까?"

"아니요!"

드디어 그 소리가 쩌렁거렸다.

"그 애는 바로……."

그 순간 삐이, 스피커가 먹통이 됐다. 설마 짜지는 않았겠지. 그
절묘한 타이밍에 방송실에서 스피커의 스위치를 꺼 버렸다. 하지
만 나는 오크가 외친 '1번'이라는 소리를 똑똑히 들었다. 몇몇 체
육 선생님들에게 제지를 당하면서도 그 애는 1번이 그랬다고 몇
번이나 소리쳤다. 그러나 소란스러움에 묻혀 그 소리가 멀리까지
퍼지지는 못했다.

"조용! 줄 맞춰, 줄! 야, 거기!"

선생님들이 눈을 부라리는 동안 오크는 학생주임을 따라 어디
론가 사라졌다.

단상 옆에서 대기 중이던 전학생은 춘방 씨에게 무슨 소리를
듣고 있었다. 아마 연설할 때의 주의 사항, 오크와 같은 돌발 행동
을 하지 말라는 지시인 듯했다.

전학생은 그 지시를 어기지 않으며 연설을 시작했다. 준비하지 않았다더니 힐끔힐끔 쪽지를 훔쳐보는 것도 잊지 않았다. 전학생답게 길고도 지루한 내용들이었다. 참여가 중요하다, 회장의 의미는 무엇인가, 나는 왜 출마를 결심했나, 등등.

더불어 특별하지도 않은 내용들이었다. 다른 학교와 교류가 가능하도록 노력하겠다, 컴퓨터실 이용을 자율화하도록 노력하겠다, 매점의 음료수 종류를 다양화하도록 노력하겠다, 등등.

간간이 그만 좀 하자는 불만의 소리가 터져 나왔다. 그러나 그런 것에 굴복할 전학생은 아니었다. 그 애는 자신이 준비해 온 말을 기어코 끝까지 다 했다.

다 읽은 쪽지를 바지 주머니에 넣은 전학생은 "흠, 흠" 목소리를 가다듬었다.

시작이다. 나는 짐작할 수 있었다. 그리고 나의 예상은 빗나가지 않았다.

"저는 무식한 놈입니다!"

전학생은 버럭 소리부터 쳤다. 그러고는 자신이 몇 번이나 강조하던 무식함에 관한 이론을 펼치기 시작했다. 무식한 놈의 무식한 말을 믿었으니 자신은 아주 무식한 놈이라는 것이었다.

"그러나 저는 최악의 무식한 놈은 아닙니다. 그 무식한 놈의 말이 거짓이란 걸 깨달았으니까요. 그래서 저……."

어? 무슨 일인지 전학생의 스피커도 먹통이 됐다. 학교 측이 아까와 같은 소동을 겁내서라고 생각했다. 하지만 본론도 들어가기 전이었다. 어떻게 미리 알았을까? 아직 피제이의 피자도 나오지 않았는데.

그 의문은 바로 풀렸다.

"소견 발표는 오 분 이내입니다. 그 시간을 넘기면 마이크를 끄겠다고 후보들에게도 미리 다 공지했어요."

결국, 고개를 푹 숙인 채로 전학생은 단상을 내려왔다. 그것으로 그날의 소견 발표는 끝을 맺었다.

조회를 마치고 교실에 들어왔지만, 전학생은 보이지 않았다. 이어진 3교시 수업 시간에도 그 애는 들어오지 않았다. 피제이도 마찬가지였다. 아마 후보들을 모아놓고 춘방 씨나 누군가가 설교를 하는 중인 듯했다.

그 수업이 끝나고, 쉬는 시간도 반쯤 지났을 때쯤 피제이가 먼저 들어왔다. 무덤덤해서 읽을 만한 표정은 없었다. 전학생은 4교시 시작 종과 거의 동시에 들어왔다. 불만이 가득한 표정이었다. 할 말이 많았지만, 수업이 끝나기를 기다려야 했다.

"뭐래? 왜 안 들어왔어?"

나는 점심시간이 시작되자마자 전학생에게 뛰어갔다. 그 애는 아무 대답 없이 풀이 죽은 표정만 지었다. 나의 잔소리를 피하는 방편인 듯했다.

나는 그 표정을 상관하지 않고 전학생의 실수, 전학생의 크나 큰 실수에 대해 몇 번이나 지적했다. 지은 죄가 있어선지 전학생은 묵묵히 듣기만 했다.

"2번 그 애, 징계 먹었어."

그러다가 그 말을 했다.

"뭐? 무슨 징계?"

"후보 비방했다고. 후보 등록 무효로 한단다."

"세상에 그런 법이 어딨어? 때린 놈은……."

나는 목소리를 높이다가 얼른 입을 다물었다.

"야, 여기서 이러지 말고 나가서 이야기하자."

전학생은 귀찮아했지만, 로댕과 쭈쭈바는 순순히 나의 제안에 따랐다. 그래서 우리는 수돗가 벤치에서 계속 말을 이어나갔다.

"규정에 있다잖아. 상대 후보 비방 안 된다고."

제3조 5항, 다른 후보를 비방하거나 선거운동을 방해하는 행위를 할 경우 후보 등록을 무효로 할 수 있다. 오크는 그 규정이 적용됐다고 했다. 피제이 측에게 폭행을 당했다는 증거가 없을 뿐만 아니라, 있더라도 상대 후보를 비방해서는 안 된다는 내용이었다.

"그런 일은 학교에 알려야 된다고. 그럼 학교에서 징계를 내리든 한다고 하잖아. 춘방이 선생님이."

"말이 돼? 비방이 아니라 고발이잖아. 그리고 증거는……."

"쟤가 가만있었겠냐?"

쭈쭈바가 답답하다는 듯 말을 잘랐다. 맞는 말이었다.

내가 하지 못할 말도 전학생은 했을 것이다. 그렇게 얼마나 따졌으며 화를 냈을지 보지 않고도 알 수 있었다. 그래서 나는 답답한 마음을 춘방 씨에 대한 흉으로 풀어놓았다.

"와, 내가 그럴 줄 알았어. 춘방 씨가 담임일 때 피제이 얼마나 예뻐했다고."

"안 그런 선생도 있냐? 하버드를 가네 마네 하는데. 우리 저번에 국립대 갔다고 현수막도 걸었잖아."

"춘방 씨는 아주 급이 달랐다니까. 지금도 걔 엄마가 얼마나 학교를 자주 찾아오냐?"

나와 쭈쭈바는 오랜만에 쿵짝이 맞았다. 하지만 그 호흡은 얼마 가지 못했다.

"둘 다 그만해. 확실하지도 않잖아. 더구나 선생님한테."

하, 순진한 전학생. 더구나 자기는 담임한테 욕까지 했으면서. 그러나 그런 생각을 입 밖으로 내지는 않았다.

짐작만으로 그런 큰 불명예를 어쩌고저쩌고, 뒷담화는 쉽지만 당사자는 어쩌고저쩌고. 듣지 않고도 전학생이 할 말을 짐작할 수 있었다. 그래서 우리는 얼마 동안 별말이 없었다.

"근데 우리한테는 잘된 거 아냐?"

그 잠깐의 침묵을 깬 사람은 쭈쭈바였다.

"그야…… 뭐……."

나는 힐끔 전학생의 눈치를 살폈다. 아니나 다를까 지금 이 상황에서 그런 소리가 나오냐며 그 애는 눈을 흘겼다.

"틀린 말도 아니잖아. 슬퍼할 건 하고, 화낼 건 내고, 냉정하게 생각할 건 냉정하게 생각해야지."

"그럼. 이럴 때일수록 상황 파악이 돼야지. 우리가 이겨야 오크한테도 위로가 되지. 그치?"

나의 말에 로댕은 고개를 끄덕였다.

"맞다. 힘을 안 내면 누구 좋으라고."

얼마 동안 무언가를 생각하던 전학생도 동의를 했다.

"그래! 본때를 보여 줘야지."

쭈쭈바가 목소리를 높였다. 그러고는 조금 들뜬 목소리를 냈다.

"지금은 우리가 더 유리해졌겠지?"

"아마도."

나는 슬며시 맞장구를 쳤다.

오크의 폭로가 있기 전까지는 우리가 1등은 확실히 아니었다. 피제이 생각으로는 2등도 아니었다. 그랬다면 선글라스를 쓰고 단상에 오른 애는 오크가 아닌 전학생이었을 것이다. 여하튼 경쟁자 한 명이 탈락했으니 우리는 한 계단 올라섰다. 그리고 그 경쟁자의 지지자들은 우리 쪽으로 왔을 터였다. 더욱이 피제이의 본모습에 실망하고 우리에게 돌아선 아이들. 그 애들까지 생각한다면 우리의 압도적 승리였다.

"나 규율부장 시켜 준다고 했다. 맞지?"

쭈쭈바도 나와 같은 결론에 도달한 모양이었다. 그 애는 새삼 규율부장 건을 확인받고 싶어 했다.

대꾸를 하려던 전학생은 그냥 눈만 흘기고 조용했다. 나는 그 심정을 이해할 수 있었다. 물론 쭈쭈바의 마음도 이해가 갔다.

땅 짚고 헤엄치기, 게임 끝, 엄마, 나 부회장 됐어!

생각만으로 즐거웠다. 그래서 우리는 절로 으샤으샤, 기운이 났다. 그 기세를 몰아 우리는 3학년 순회 연설에 돌입하기로 했다. 선거일도 얼마 남지 않아 마냥 미뤄 둘 수도 없었다.

"까짓 거!"

호기롭게 답한 나는 힘차게 앞장섰다. 그러다가 우뚝 발걸음을 멈췄다. 3학년 건물, 출입구 앞에서였다.

나는 영화 속 뱀파이어 성의 거대한 철문을 떠올렸다. 그렇다면 나는 그 앞에 선 주인공이었다. 거기는 공기부터가 그랬다. 습한 기운이 찐득했고, 어디선가는 퀴퀴한 곰팡이 냄새가 풍겨오는 듯도 했다.

그곳은 미국 영화에 나오는 교도소이기도 했다. 헤이 맨, 거대한 몸집의 흑인들이 건들건들 우리 앞을 지나쳤다. 그리고 나치 문신을 한 스킨헤드족들은 자기들끼리 어깨를 부딪치며 인사를 나눴다. 반에서도 7번, 조그마한 황인종인 나는 슬금슬금 전학생의 꼬리를 밟는 게 최선이었다.

"어, 형!"

누군가를 발견한 전학생이 그쪽으로 뛰어갔다. 나는 갑자기 혼자 남겨지고 말았다. 옆에 쭈쭈바가 있기는 했다. 하지만, 혹은 그래서 혼자 있는 것과 마찬가지였다. 로댕은 어디로 갔을까? 분명 같이 들어왔던 로댕은 어디론가 사라지고 없었다.

나는 최대한 주변의 이목을 끌지 않으며 전학생에게 다가갔다.

"인사해. 그때 말한 강구 형."

"안녕하세요."

인사부터 했다. 그러고 나서 생각이 났다. 추천인 명부를 채워 준 그 형이었다.

"너희도 신가리 친구야?"

"예? 예."

친구 아닌 쪽보다는 친구 쪽에 가까웠다. 그러니까 거짓말은 아니었다. 하지만 같은 대답이라도 쭈쭈바는 꼭 거짓말 같았다.

"그럼요!"

쭈쭈바는 단호한 목소리였다.

"근데 무슨 일이야?"

그 형은 생각보다 훨씬 온화했다. 생김새도 그랬다. 키는 작달막했고, 커다란 눈 때문에 순해 보이는 얼굴이었다. 대신 덩치에 비해 큰 손과 다부진 어깨는 어딘지 강인한 인상을 풍겼다. 그리고 귀가 특이한 모양이었다. 어디서 많이 본 생김새였는데 나는 군만두의 귀를 떠올렸다.

"피제이 이길 준비는 잘돼 가냐? 또 사인?"

"아니요. 이번엔 딴 것 때문에요."

전학생은 순회 연설 때문이라고 이유를 설명했다.

"그래? 그럼 따라와!"

강구 형은 우리를 3반으로 데려갔다. 그 형의 반이었다. 1반부터 하는 게 계획이었지만 굳이 상관은 없었다.

우리는 교단 위에 나란히 서서 "안녕하십니까!" 인사부터 했다. 몇 명이 관심을 보였을 뿐 다들 자기 일에 바빴다. 그러자 그 형이 우리를 쓰윽 본 뒤에 크게 소리쳤다.

"다들 주목!"

쩌렁쩌렁 배에서 나오는 목소리였고 교실은 순간 조용해졌다.

"내가 아끼는 후배들이거든. 애들이 할 말이 있다니까 쫌만 도와줘."

"아, 뭔데?"

"빨리 끝내."

귀찮아하는 목소리가 여기저기서 터져 나왔다. 불만이 느껴지지는 않아서, 친구에게 하는 그런 말투였다.

그 형들은 하던 일들을 멈추고 빤히 우리를 쳐다보았다. 반쯤만 찬 교실이었더라도 그 숫자가 적지 않았다. 나는 그 시선들을 피하느라 자연스레 고개를 숙였다. 전학생은 꽤나 좋아하는 눈치였다. 얼굴 가득 만족을 머금은 채 강구 형에게 고맙다는 사인까지 보냈다. 그 형은 귀찮다는 듯 고개를 슬쩍 끄덕였다. 하지만 기뻐하는 표정까지 감추지는 못했다.

전학생은 "잘 부탁드립니다" 크게 허리를 숙이는 것으로 연설을 시작했다. 이어진 말들은 너무 딱딱하지도 가볍지도 않았다. 의외로 잘난 체까지 없어서 후배다운 태도도 잃지 않았다.

돌이켜 보면 전학생은 주목을 받을수록 힘을 내는 유형이었다.

"그러니까 잘 부탁드립니다!"

준비한 쪽지가 있지도 않았는데, 처음과 끝이 딱 맞아떨어졌다.

"그래. 찍어 줄게."

"되겠다!"

반응도 좋았다.

"마지막으로, 이렇게 편의를 봐준 강구 형에게 고맙다는 말을 전하고 싶은데요. 형님들도 우리 강구 형 앞으로도 계속 잘 봐주시기 바랍니다."

전학생은 꼭 마지막이 약했다. 누가 누구에게 부탁을 한다는 건지. 여하튼 전학생은 굳이 강구 형을 앞으로 불러냈다. 그 형은 손사래를 치면서도 전학생 옆에 섰다.

"멋있다, 갯강구!"

진심인지 장난인지 선배들도 박수를 쳐줬다.

강구가 이름인 줄로만 알았더니 갯강구를 줄여 부르는 말이었다. 갯강구는 바닷가, 풍뎅이를 닮은 그 조그만 갑각류를 말하는 듯했다.

"아, 왜 그래?"

멋쩍은 듯 웃으면서도 강구 형은 손을 들어 답례를 했다. 옆에 선 전학생도 이쪽저쪽 허리를 숙이다가, 강구 형처럼 손을 흔들었다. 나름 어울리는 한 쌍이었다.

"너희들 계속할 거지?"

"예? 예."

"좋았어! 따라와!"

언제부터 세운 계획인지는 알 수 없었다. 형은 3학년 1반에도 우리보다 앞장서서 들어갔다.

아까처럼 똑같이 주목을 외쳤는데, 반응까지 똑같지는 않았다. 몇 명은 노골적으로 불만스런 표정을 짓기도 했다. 그것을 아는지 모르는지 전학생은 신이 났다. 째려보는 것이든 집중하는 것이든 전학생에게는 관심과 같은 말인 듯했다.

문제는 2반에서 터져 나왔다.

"니가 뭔데 남의 반에 와서 주목하라 마라야?"

빼빼 말랐지만 키가 큰 선배였다. 그 선배는 눈을 부라렸다.

"좀 봐주라. 후배들이 고생하잖아."

"그러니까 후배들이 고생하는 거랑 너랑 뭔 상관이냐고?"

"그냥 후배들 도와주고 싶어서 그러지."

강구 형은 계속 서글서글한 말투였다.

"그럼 후배들 도와주는 거랑 너랑 뭔 상관인데?"

"그래? 끝까지 모르겠다 그 말이지?"

화난 목소리는 아니었다. 그렇다고 이전처럼 서글서글한 말투도 아니었다. 그 말과 함께 강구 형은 성큼성큼 키 큰 선배 쪽으로 걸어갔다.

둘의 키 차이는 꽤 커서 딱 키다리와 땅딸보였다. 땅딸보는 밑에서 고개를 빳빳이 들었고, 키다리는 그 시선을 피하지 않으며 삐딱하게 고개를 숙였다. 하지만 몇 초뿐이었다. 눈 밑이 실룩거리던 키다리 선배가 결국 고개를 돌렸다.

"그냥 난 가면 되잖아. 그럼 됐지?"

강구 형은 다시 서글서글해졌다. 그러고는 우리한테 손을 들어 보인 뒤 문쪽을 향했다. 그런데 끝이 아니었다.

"존나 나대네."

키다리 선배가 혼잣말 치고는 큰 소리로 중얼거렸다.

옆의 친구 한 명이 왜 그러냐며 눈치를 줬다. 그 선배는 왁스를 잔뜩 발라 머리가 번쩍였다.

"아, 뭘? 내가 틀린 말 했냐?"

그 말에도 강구 형은 걸음을 멈추지 않았다.

"존만 한 게 존나 나대는데."

그 말까지 참지는 않았다. 강구 형은 묘한 웃음을 띠며 뒤돌아섰다.

"다시 말해 봐."

차분한 목소리였다.

"아, 왜 그래. 너도 쟤 성격 알잖아."

왁스를 바른 그 선배가 강구 형을 포옹하듯 감싸 안았다.

"넌 빠지고."

"야, 강구야. 저 새끼 저거 내가 말할게. 응? 야, 이 새끼야, 너 빨리 사과해. 얼른!"

"빠지라고! 아니면 이 대 일?"

강구 형의 말에 왁스 선배는 어쩔 수 없다는 듯 포옹을 풀었다. 그러고는 옆의 누군가에게 무언가를 속삭였다. 그 말이 끝나기나 했는지, 말을 듣던 선배가 어디론가 뛰어갔다.

"다시 말해 보라고 했지?"

이번에는 키 큰 선배도 고개를 돌리지 않았다. 하지만 흔들리는 눈동자는 감추기 힘들었다.

"왜? 내가 틀린 말 했냐?"

떨리는 목소리도 숨길 수 없었다.

"그러니까 다시 말해 봐."

"존나 나댄다고. 씨발!"

"그래. 기억하네!"

강구 형은 그 말과 동시에 키 큰 선배의 뺨을 후려쳤다. 그 선배가 휘청할 만큼 힘이 실린 것이었다.

"다시 말해 봐."

강구 형은 다시 뺨을 때렸다.

"다시 말해 봐."

그렇게 말을 할 때마다 그 형의 손이 올라갔다.

그런 말이 몇 번이나 반복됐다. 그러는 동안에도 키가 큰 그 선배는 꿋꿋이 강구 형을 마주 보았다. 두 눈은 빨갛게 충혈돼 있었다.

"다시 말해 봐."

그 말과 함께 또 강구 형의 손이 올라가려는 순간이었다. 그때쯤에 처음으로 키 큰 선배가 움찔하며 고개를 돌렸다.

"형! 그만해요!"

그것과 거의 동시에 전학생이 외쳤다.

"선배들 일이라 가만있었는데요. 이러면 형이 완전히 못난 거예요."

"아니, 너도 봤잖아. 이 새끼가……."

"보긴 뭘 봐요? 형이 완전 나쁜데."

전학생은 겁도 없이 하고 싶은 말을 했다. 상대가 어떤 잘못을 했든 때린 순간부터 그 사람이 훨씬 나쁜 놈이라는 이야기였다. 거기에 승리를 확신하는 폭력은 저질이라는 말도 덧붙였다.

"저는 이 선배님이 반격할 줄 알고 가만있었는데요. 저 선배는 싸울 마음이 없잖아요. 형은 그거 몰라요? 알죠? 예? 그럼 자존심은 지켜 줘야죠!"

동병상련, 나는 키 큰 선배의 마음을 충분히 알고도 남았다. 전학생도 용케 그 마음을 헤아리고 있었다. 하지만 딱 거기까지였다. 전학생은 자존심, 자존심 하면서 그 형의 자존심에 상처를 주고 있었다. 세심한 듯 무심한, 하나만 알고 둘은 모르는 전학생을 나는 얼른 말렸다.

그제야 자신의 실수를 눈치챈 전학생은 강구 형에 대한 비난으로 화제를 돌렸다. 나는 또 말렸지만, 이번에는 내 말을 듣지 않았다.

"저 완전히 실망인데요. 치고 박고 싸웠으면 싸웠지 뺨은 뭡니까? 뺨이? 형이 세면 얼마나 세요? 사실 우리가 다 고만고만하지. 아니, 형이 깨갱했을걸요. 저 형이 키도 훨씬 크니까. 뭐, 체육관 출신이면 또 다르지만요. 그런 거 있잖아요. 킥복싱 같은 거. 어쨌든 왜 뺨을 때려요? 뺨을. 형이 애예요? 유치하게."

전학생의 말이 길어질수록 쭈쭈바의 얼굴은 흙빛이 됐다. 아마 나의 얼굴색도 그랬을 것이다.

"미안, 미안."

다행히 그 형은 전학생의 비난과 달리 어른스러웠다.

"근데 내가 그러려고 그런 게 아니야. 나 참는 거 봤잖아? 진짜 많이 참았어. 그치? 그 점은 너도 인정을 해야 돼."

전학생의 말처럼 애다운 면이 있기도 했다. 그 형은 애써 자신의 억울함을 호소했다.

"아, 참으면 뭐 하냐고요? 눈에는 눈, 이에는 이, 욕에는 욕으로 끝내야죠."

전학생의 계속되는 비난에 강구 형은 조금 풀이 죽었다.

그나마 기운을 차린 건 아까 포옹을 했던 왁스 선배의 말 때문이었다.

"강구 니 말이 맞아. 너도 많이 참았는데 쟤가 좀 그랬어."

"그치? 니가 봐도 그렇지?"

"응. 그러니까 이제 둘이 화해해라. 그럼 되잖아."

그 형은 강구 형과 키다리 선배의 손목을 함께 잡아끌었다. 내 생각으로 좋은 방법은 아니었다. 이런 상황에서 화해를 한다 하더라도 그 화해가 자신의 의지일 리는 없었다. 용서 말고 선택지가 없는 그 화해는 폭력과 다른 말이 아니었다.

강구 형이 사과를 열심히 했다는 게 그나마 위로가 됐을지는 모르겠다.

"진짜 미안하다. 내가 그러려고 그런 게 아닌데. 그리고 그거 있잖아? 그거…… 뺨……. 진짜 미안해. 내가 너무 애처럼 굴었다. 쟤 말처럼 사실 우리가 다 고만고만하지. 아니, 우리가 붙었으면 내가 깨갱했을 거야."

"야, 넌 또 왜 오버하고 그래?"

포옹을 했던 그 선배가 끼어들었다.

"아니야. 진짜야. 나 반성 많이 했어."

진심이든 아니든, 강구 형은 사과하는 법을 알고 있었다.

"아니야. 내가 먼저 잘못했어."

진심이든 아니든, 키다리 형도 그 사과를 받아들였다.

나름 훈훈하게 끝나가던 그 무대를 전학생은 자신이 마무리 짓고 싶어 했다. 순회 연설을 시작하겠다는 것이었다.

강구 형이 과장스런 표정으로 눈치를 주면서 그런 전학생을 말렸다.

"아, 왜요?"

교실을 나오자마자 전학생이 물었다. 목소리에는 불만이 가득했다.

"너 인마, 왜 그렇게 생각이 짧아? 완전 애기드만, 애기."

"그러니까 왜요?"

"아까 걔랑 내가 왜 싸웠냐? 연설을 하네 마네 하다가 싸웠잖아. 거기서는 우리가 그냥 나오는 게 예의지."

맞는 말이었다. 전학생도 고개를 끄덕이며 얌전해졌다.

"너도 근데 생각이 완전히 짧다. 완전히 애기야, 애기."

아까의 전세가 역전되었다. 그 형은 몇 번이나 같은 말을 반복했다. 특히나 '애기'라는 단어에는 힘을 줬다.

"형이 좀 참으세요. 이 자식이 원래 좀 그래요."

덩달아 쭈쭈바도 목소리를 높였다.

"그래도 그건 아니지. 고등학생이나 된 놈이."

"제 말이 그렇다니까요."

맞장구를 치는 쭈쭈바의 얼굴이 밝았다. 하지만 그러던 그 애의 얼굴에 언뜻 어두운 빛이 스쳐 지나갔다.

쭈쭈바의 시선이 향한 곳에는 화장실에서 나오고 있는 로댕이 있었다. 물론 쭈쭈바의 그런 표정이 로댕 때문은 아니었다.

아까 누군가를 부르기 위해 사라졌던 그 선배가 저쪽 복도 끝쯤에서 보였다. 그런데 그 선배 때문도 아니어서, 아마 그 뒤에서 어기적대며 걸어오는 선배 때문인 듯했다. 쭈쭈바가 얼굴을 알 정도면 꽤나 잘나가는 선배일 게 분명했다. 애써 딴청을 피우는 쭈쭈바의 태도를 보면 더욱 그랬다.

쭈쭈바가 아니더라도 그 형의 위력은 충분히 파악할 수 있었다. 우선 외모가 그랬다. 짧은 곱슬을 정성 들여 빗은 머리는 눈썹을 덮으며 가지런했다. 바가지머리였는데, 툭 불거진 광대뼈 때문에 어딘가 기괴해 보이는 바가지머리였다. 그리고 키가 커서 주변 애들보다 머리 하나는 솟아 있었다. 그 주변 애들은 그 선배가 지나가자 홍해처럼 갈라졌다.

"아이 씨."

강구 형도 그 선배를 본 모양이었다.

강구 형은 떨떠름한 표정이었다. 그러다가 그 선배와 눈이 마주치자 활짝 웃었다.

"어이! 오랜만."

"오랜만이고 자시고 내가 와야 돼?"

저음이면서도 가는 쇳소리가 섞인 목소리였다. 덩치와는 어울리지 않더라도 얼굴과는 묘하게 어울리는 목소리였다.

가느다란 얼굴에 비해 튀어나온 광대뼈, 날카롭게 치켜 올라간 눈, 바가지 머리. 그 바가지 머리가 완벽하게는 감추지 못한 흉터. 쪼글쪼글 분홍색의 그 화상 자국.

염산 테러 때문에 이마가 끔찍하대!

아, 프랑켄! 나는 그제야 프랑켄을 떠올렸다. 그렇다. 그 선배는 다름 아닌 프랑켄이었다.

프랑켄의 얼굴을 보는 것도, 직접 마주하는 것도 처음이었다. 그때까지 나는 프랑켄, 프랑켄 하면서 그 선배의 전설을 떠들었을 뿐이다.

"내가 와야 되겠냐 이 말이야."

"아, 또 뭐가?"

"나 요즘 피곤한 일 많다."

"그러니까 내 쪽은 신경 꺼."

"어, 우리 갯강구 많이 컸네."

"아직 멀었으니까 니 키 좀 떼 줘라."

"하하하!"

그 농담이 재밌었는지 프랑켄은 큰 소리로 웃었다.

"그럼 난 간다."

그 말을 끝으로 강구 형은 그 자리를 벗어났다. 걸음이 빨라서 우리도 종종걸음을 해야 했다.

"우아! 형, 친하네요!"

그 선배가 안 보이게 됐을 때쯤 쭈쭈바가 말했다. 그런데 전학생의 해석은 달랐다.

"형, 저 형한테 지죠?"

"완전히 친한 건 아니고."

강구 형은 쭈쭈바의 말에만 대꾸를 해줬다.

"형, 지죠?"

"그냥저냥 인사 정도 하는 사이야."

"와, 지네. 져."

전학생의 계속되는 도발에도 강구 형은 대꾸를 하지 않았다. 하지만 전학생은 언제나 그렇듯 끈질겼다. 결국 그 끈질김에 굴복한 강구 형은 평상심을 가장하며 말했다.

"무서워서 피해? 더러워서 피하는 거야."

"와! 진다, 져. 하하하!"

전학생의 웃음소리가 복도를 가득 채웠다.

주변의 시선이 일제히 쏠릴 만큼 큰 소리였다. 나는 전학생과 거리를 두느라 애써 걸음을 늦췄다.

그러다가,

"야, 같이 가!"

그냥 뭐, 전학생을 부르며 뛰어갔다.

# 오크와 위원장

'폭력 후보를 추방합시다!'

잘못 보지 않았다. 분명히 그렇게 쓰여 있었다.

"폭력 없는 우리 학교! 밀어주자 기호 1번!"

그리고 잘못 듣지 않았다. 분명히 그렇게 외치고 있었다.

머리에 총 맞았나? 아니면 선거를 포기했을까? 포기를 했다면 왜 저리 열심일까?

3학년 순회 연설을 마치고 바로 다음 날이었다. 그날의 아침 선전은 별로 부담이 되지 않았다. 경쟁자 없는 우리의 독무대가 될 게 뻔했다. 적어도 정문 앞에 서기 전까지의 내 생각은 그랬다. 하지만 예상과 달리 거기에는 피제이가 자신의 운동원들과 함께 나와 있었다. 뿐만 아니라 어깨를 쭉 펴고 목청껏 외치고 있었다.

"폭력 없는 우리 학교! 밀어주자 기호 1번!"

바뀐 게 그런 구호뿐만은 아니었다. 피켓에 적힌 문구도 전과 달랐다. 거기에는 '폭력 후보를 추방합시다!'라고 적혀 있었다. 그 후보가 기호 1번일 리는, 그러니까 피제이 자기네 스스로일 리는 없었다. 그 구호와 문구를 본다면 오크에 대한 폭행은 분명 우리 짓이었다.

전학생은 가서 따지겠다며 흥분했다. 혹시 쟤들이 원하는 게 이런 걸까? 나는 얼른 전학생을 잡아끌었다.

제3조 5항. 다른 후보를 비방하거나 선거운동을 방해하는 행위를 할 경우 후보 등록을 무효로 할 수 있다. 그것을 상기시키자 전학생도 수긍하는 눈치였다. 하지만 간간이 상대방을 흘겨보는 눈초리가 불안하기만 했다. 결국 우리는 그날의 아침 선전을 조금 일찍 접을 수밖에 없었다. 그 상황을 정리하는 일이 우선이었다.

우리는 먼저 선거관리위원장인 3반 반장을 찾아갔다. 그런데 그 애는 그 사실을 이미 알고 있었다. 이미 보고를 받았고, 문제의 여지가 없다는 설명이었다. 사실 그런 답변을 어느 정도는 짐작했다. 피제이의 문구를 보자마자 그 애를 찾지 않은 것도 어쩌면 그런 이유에서였다. 그렇다 해도 치미는 화는 어쩔 수 없었다.

"비방이잖아!"

나는 목소리를 높였다.

"폭력 후보를 추방하자는 게 왜 비방이야? 예를 들면 국회의원 선거할 때 그러잖아. 돈 주는 후보 찍지 말자고. 그럼 그것도 비방이네?"

"그건 다르지! 후보가 둘밖에 없는데. 너 아니면 나잖아!"

"왜? 너희가 그랬어? 아니면 상관없지."

"너 자꾸 말장난 할래? 누명이라는 단어는 알아?"

"그럼 넌 유권해석이라는 단어 알지?"

우리 학교 학생치고 위원장은 꽤나 똑똑한 놈이었다.

"어? 그게 뭔데?"

쭈쭈바는 평균 정도였다.

"원래는 국가가 규칙을 해석해서 적용시키는 건데, 의견이 여러 가지면 어느 의견이 맞는가 판단하고 그러는 거야. 이번 경우처럼."

준비성도 철저한 놈이어서 미리 준비해 둔 게 분명한 답변이었다.

"우리 선거위원회가 내린 유권해석은 이래. 비방이 아니라 선거 캠페인이다, 이거야. 폭력을 반대한다는. 그런 캠페인을 통해 자기들 선전하는 거지, 뭐."

"야, 너 진짜! 유권해석인가 뭔가 하려면 공평해야지. 중립을 지켜야 되는 거 아냐? 춤도 그렇고, 이번 것도 그렇고!"

"뭐야? 너야말로 누명이네. 그럼 우리 선생님 불러서 물어볼까? 내가 중립을 지켰는지 어쨌는지? 그리고 이렇게 와서 막 따지는 게 되는지 안 되는지?"

그 애는 춘방 씨 카드까지 꺼내 들었다. 선생님이 와서 결과가 나빠졌으면 더 나빠졌지 좋아질 일은 없었다.

"야, 이만하면 됐다. 그만 가자."

그 이유 때문이었을까? 웬일로 전학생이 나를 말렸다. 그러다가 그 애는 문득 생각이 났다는 듯 피제이의 선거인 명부를 보고 싶다고 했다. 위원장은 잔뜩 경계했다. 그러면서 신고할 일이 있으면 하라고 했다. 자신이 확인하고 조치를 취하겠다는 것이었다. 몇 번 더 계속된 전학생의 부탁에도 위원장은 단호했다.

그러자 어쩔 수 없다는 듯 전학생이 물었다.

"그럼 한 가지만 물어볼게. 거기 명부에 니 이름도 있어?"

"내 이름이 거기 왜 있어?"

"선거운동을 하려면 이름이 있어야지."

"내가 언제 선거운동을 했다고 그래? 응?"

위원장은 조금 흥분했다. 그에 반해 전학생의 목소리는 꽤나 차분했다.

"아, 안 했구나. 그럼 어쩔 수 없지. 그것도 유권해석이니까."

위원장은 그 말에 대꾸를 하지 못한 채 얼굴만 빨갛게 붉혔다.

그렇다면 거기서 끝내야 했다. 끝냈으면 나름 멋진 한 방이 됐을 텐데 전학생은 마무리를 지으려고 했다. 자기 방식의 마무리였다.

"너 근데 유권해석의 뜻이 본래 어디서 나온 건 줄 알아? 이게 말이야……."

둘은 유권해석이란 것에 대해 논쟁을 시작했고, 전학생의 상식은 위원장의 준비를 이길 수 없었다. 참고서만 읽지 말고 다른 공부도 좀 해! 위원장의 그런 충고에 전학생은 고개를 떨궈야 했다.

전학생은 교실을 나오자마자 분에 찬 목소리를 냈다. 처음에는 유식함과 잘난 체에 대해서였고, 나중에는 선거위원회의 중립성에 대해서였다.

"내가 회장 되면 선거위원회는 무조건 중립을 지키게 한다!"

"뭔 수로? 누가 들으면 회장이 무슨 교육부 장관이나 되는 줄 알겠다."

쭈쭈바였다.

"쉽지는 않아도 가능은 하지! 어차피 위원회도 학생들이잖아. 학생회 소관이고. 아니! 학생회 아니라도 학생들이 관심만 더 있으면 돼. 먼저 나부터……."

그 둘은 엉뚱하게도 그런 이야기로 한참을 티격거렸다. 그러나 주제는 다시 피제이의 선거운동에 관한 것으로 돌아올 수밖에 없었다.

"이러면 나의 주옥같은 공약들이 뭔 소용이야? 애들은 누가 했는가만 떠들 거 아냐? 에이, 천하에 몹쓸 놈들!"

우리는 그렇게 그 애들에 대한 성토를 시작했다.

전학생은 "천하에 몹쓸 놈들!"이라고 했고, 쭈쭈바는 "뻔뻔해도 세상 뻔뻔하다"라고 했다.

"……"

역시나 로댕은 별말이 없었다.

내가 보는 그 애들은 "미련한 놈들"이었다.

그 애들의 그런 방법이 통할 리가 없었다. 우선 나만 하더라도 오크가 외친 1번이라는 소리를 똑똑히 들었다. 물론 전교생 전부가 듣지는 못했을 것이다. 하지만 단상 근처 애들만 해도 무시할 수 없는 숫자였다. 또한 오크가 가만있을 리 없었다. 주변 친구들까지 합세해 피제이의 악행을 떠드는 데 열심일 게 당연했다.

더구나 우리는 다름 아닌 미친놈, 따까리, 쭈쭈바, 로댕, 뱀이 아닌 개구리였다. 오크가 뱀은 아닐지 몰라도 개구리의 먹이도 아닌 건 분명했다.

나의 생각을 들은 애들은 조금 안심하는 기색이었다.

"맞다, 맞아."

"그렇겠지?"

"그럼! 너는 믿겠냐?"

암, 바보가 아닌 이상 믿을 리가 없지.

나의 생각은 단단했다. 그래서 저녁 시간, 뒷자리의 소말리아가 답답한 소리를 하더라도 별로 신경을 쓰지 않았다.

"까리, 니가 했을 리는 없고 누가 한 거야?"

"말이 돼? 우리 아니라니까."

"그럼 누구? 너희 아니면 피제인데?"

"몰라. 하여튼 우린 아니야."

나는 굳이 피제이를 꼭 집어 말하지는 않았다. 후보 비방 어쩌고저쩌고 하는 조항 때문에 그런 것은 아니었다. 딱히 그럴 필요가 없다고 생각했다. 누가 봐도 그 애들이 한 짓이니까. 그리고 왠지 그러고 싶지 않았다. 그러니까 불경죄를 짓는 그런 기분, 대통령을 욕한 다음에 주변을 뚤레뚤레 살펴보게 되는 그런 기분 때문이었다.

하지만 그날 마지막 쉬는 시간에는 결국 그 불경죄를 짓고 말았다.

"우리 아니야!"

"그럼 뭐야? 애들은 다 너희가 했다는데."

"뭐? 누가 그래?"

"몰라. 그냥 애들이 다 그래."

"그러니까 누가 그러냐고?"

답답함에 나의 목소리가 조금 커졌다. 그러자 소말리아의 목소리는 조금 까칠해졌다.

"까리, 너 지금 따지는 거야?"

내 생각에는 내가 소말리아에게 밀릴 정도까지는 아니었다. 하지만 그 애의 생각은 다른 듯했다.

"너 지금 따지냐고?"

소말리아는 노골적으로 눈을 치켜떴다.

"아니, 내가 따지긴 뭘 따져. 그냥 궁금하니까……."

그래, 누가 위고 누가 밑인 걸 가려내서 뭐하겠나. 중요한 건 그게 아닌데. 나는 그냥 공손한 척했다. 그 대상이 소말리아라서 오히려 자존심이 상하지는 않았다. 하지만 쭈쭈바가 끼어들자 또 다른 문제였다.

"야, 소말리아! 너 지금 뭐 하냐?"

어디에선가 쭈쭈바가 불쑥 나타났다.

"아니. 그게 아니라……."

하, 소말리아! 소말리아의 태도가 조금 전과는 딴판이었다.

"아니긴 뭐가 아냐? 내가 다 들었는데."

쭈쭈바가 기세를 올렸다.

"너 인마, 까리랑 내가 친구인 거 알아? 몰라?"

그 참견이 나를 위한 것이라고는 생각되지 않았다. 믿는다 하더라도 나의 자존심은 묘하게 자극을 받았다.

"아, 진짜! 너야말로 뭐야? 이야기 중이잖아."

나는 짜증 섞인 목소리로 말했다.

"알았어. 왜 짜증을 내고 그래? 그냥 뭔 얘기 하나 궁금해서 그러는데."

쭈쭈바는 샐쭉한 표정을 지었다. 그래서 나는 조금 미안해졌다. 그렇다고 바로 따뜻한 말이 나오지는 않았다.

"우리가 오크 안 때렸다고. 그 이야기. 됐냐?"

"둘 다 그만해. 내가 그냥 믿을게."

소말리아는 눈치를 살피며 말했다. 물론 내 눈치가 아닌 쭈쭈바의 눈치였다.

"그냥 믿긴 뭘 믿어? 우리 진짜 아니라니까!"

나의 목소리는 여전히 높았다. 짜증이나 그런 것 때문은 아니었고, 억울함 때문이었다.

"진짜야? 혹시……."

소말리아가 쭈쭈바를 빨히 보며 물었다. 그 애의 그런 말과 태도는 나름의 전략이었다. 내가 까마귀에게 취하는 그런 종류의 전략 말이다.

"그건 또 모르지. 여하튼 노코멘트."

그 전략은 성공이었다. 어깨에 잔뜩 힘을 준 쭈쭈바는 그렇게 말했다.

"모르긴 뭘 몰라? 우리가 안 했어! 피제이! 피제이라고!"

결국 나는 피제이를 입에 올리고 말았다. 얼른 주변을 둘러보았는데, 다행히 까마귀나 그런 애들은 보이지 않았다.

"그럼 애들이 잘못 알고 있는데?"

소말리아의 말에 따르면 적지 않은 애들이 우리 짓이라고 수군댄다고 했다. 나는 그 애를 설득하는 데 공을 들였다. 그러던 끝에 "생각을 해 봐. 우리 중에 대체 누가 그럴 수 있겠어?"라고 물었다.

대놓고 쭈쭈바라고 할 만큼 소말리아가 뻔뻔하지는 않았다. 그래서 그 애는 얼른 대답을 하지 못했다.

"미친놈?"

그 애가 겨우 내놓은 답은 전학생이었다.

쭈쭈바의 얼굴에 얼핏 실망하는 기색이 스쳐 지나갔다. 나는 어처구니가 없다는 표정으로 나의 생각을 대신 전했다.

"로댕?"

큰 키, 탄탄한 체격, 나설 때는 나서는 모습. 더구나 내가 겪은 로댕은 엉뚱한 데가 있었다. 그렇다면 우리 중에 꼽자면 로댕뿐이었다. 그래서 이번에는 군이 설명을 해야 했다.

"우리가 아니라니까. 로댕이 뭔 수로 그래? 걔네들 숫자가 몇인데."

나는 할 말이 많았지만, 그냥 알기 쉽게 말했다. 그 설명이 먹혀서인지 소말리아는 나의 말을 믿는 눈치였다. 하지만 나머지 애들이 문제였다. 일일이 해명을 하고 다닐 수도 없는 노릇이었다. 더구나 후보 비방에 관한 조항도 마음에 걸렸다.

나는 소말리아에게 들은 이야기를 전학생에게 전하면서 나의 걱정도 함께 말했다. 그런데 전학생의 의견은 나와 달랐다. 상대 후보를 거론하지 않고, 우리 입장만 전달하면 된다는 것이었다. 그렇더라도 우리의 충돌이 그리 길지는 않았다.

"그럼 내일 아침 선전에서 하자. 피켓도 다시 만들고."

쭈쭈바가 절충안을 내놓았다.

오히려 피켓의 문구를 정하는 일에 시간이 더 많이 걸렸다. 여러 가지 의견이 나왔는데, 우리는 가장 간단하고 명확한 문구를 사용하기로 했다.

'우리가 하지 않았습니다.'

A4용지 두 장에 나눠 인쇄한 그 문구를 피켓에 붙였다.

다음 날, 우리는 그 피켓을 챙겨 들고 아침 선전에 나섰다. 그런데 피제이 쪽의 문구를 보자마자 나는 무언가가 잘못됐다는 사실을 깨달았다.

'폭력 후보를 추방합시다.'

그것을 놓고 보니 우리의 문구는 무슨 변명 같았다. 해 놓고도 발뺌하는 그런 구차한 종류의 변명 말이다.

그런 깨달음을 얻은 사람은 나만이 아니어서, 전학생이 얼른 수정안을 내놓았다. 그 수정안대로 쭈쭈바가 종이의 여백에 문장 하나를 더 적어 넣었다.

'우리가 하지 않았습니다. 그렇다면 누구일까요?'

전의 것보다는 훨씬 괜찮았다. 그만큼 공격적이기도 했다. 내심 만족스러웠는데, 그러다가 나는 다시 깨달았다. 그것이야말로 진짜 깨달음이었다.

우리는 우리가 하지 않은 일을 설명하는 데 온 힘을 쏟고 있었다. 우리의 다른 전략들을 펼치지 못하는 것은 다음 문제였다. 우리가 우리 손으로 직접 진범의 존재를 흐리고 있었다. 더구나 우리가 아니라고 주장하면 할수록 '둘 중에 하나예요. 그렇다면 우리가 범인일 수도 있어요'라고 크게 외치는 꼴이었다.

발을 빼야 한다. 이 소득 없는 싸움에서 당장 빠져나와야 한다. 하지만 그것이 가능한가? 우리가 대응하지 않는다면 수많은 소말리아가 생겨날 수밖에 없었다.

최악이었다. 이럴 수도 저럴 수도 없었다. 이러더라도 저러더라도 그 애들의 뜻대로 놀아나는 꼴이었다. 미련한 놈들이라는 나의 그 평가는 틀렸다. 그 애들은 영악한 놈들이었다.

"하버드도 아무나 가는 게 아냐. 안 그래?"

"무슨 하버드가 도둑놈, 사기꾼들 집합소도 아니고 말이야."

우리는 그런 쓸데없는 소리 말고는 특별히 할 말이 없었다.


1. 지금처럼 계속 우리가 하지 않았다고 선전합니다.

2. 상대의 누명에 대응하지 않고 그냥 외면합니다.


둘 모두 틀린 답이었다. 답을 선택하지 못한 채 우리의 고민은 깊어갔다.


3. 누구에게 맞았는지 오크가 직접 폭로합니다.


그런데 갑자기 선택지가 하나 더 생겼다. 더구나 그것은 정답에 가까워 보였다. 별 고민 없이 우리는 얼른 답안지에 3번을 적었다.

3번이라는 선택지가 생긴 때는 월요일 점심시간이었다. 그날 오크가 우리를 찾아왔고, 그 애는 은밀하게 전학생을 아는 체했다. 얼마 뒤에 전학생은 큰 소리로 우리를 불러냈다.

"너희들 양심선언이라고 아냐?"

수돗가 벤치에서 오크가 자신의 방문 목적을 알렸다. 피제이의 행동이 너무 괘씸해서 참을 수 없다는 것이었다. 그래서 반마다 돌아다니면서 "콱 불어 버리는 것에" 관해 고민 중이라고 했다.

우리는 그 애의 그런 생각을 열렬히 환영했다. 전학생의 말을 빌리자면 영웅적 결단이었다. 하지만 오크는 얼른 결정을 내리지 않으며 이런저런 망설임만 많았다.

"너는 전 회장 후보로서 도덕적 의무가 있어."

양심선언이라는 말에 자극을 받은 모양이었다. 전학생은 그날 따라 '뭐뭐적'이라는 단어를 유난히 많이 썼다. 여하튼 그런 전학생의 도덕적 의무론부터 쭈쭈바의 아부, 나의 부추김까지 전부 오크의 확답을 받아내지 못했다.

"하지도 않을 거면 말을 왜 꺼내? 도덕적 면죄부를 받고 싶은가 본데 나는 발급해 줄 수가 없다. 본래 양심선언이라는 건 말이야……."

전학생은 산통까지 깨려고 했다. 적어도 나의 생각은 그랬다.

"그게 아니라 걸리는 게 있어서 그래."

하지만 오크의 반응이 조금은 달라졌다.

"피제이! 피제이 그 새끼들이 뭐라고 할까 봐 그러지?"

쭈쭈바가 대뜸 정답을 내놓았다.

오크는 얼마 동안 긍정도 부정도 없다가 "띠용!" 하면서 두 눈을 한곳으로 모았다.

"무서운 건 아니고 맞으면 쪽팔리잖아, 이 사람아."

"흐음, 영웅적 결단에는 항상 소시민적 고뇌가 따라다니는 법이지. 나만 해도 이번 출마를 결정하기까지……."

전학생의 자기 자랑은 쭈쭈바의 말 때문에 귀에 들어오지도 않았다.

"야, 진작 말하지. 우리가 뒤 봐줄게, 걱정을 마. 너 우리 무시하면 안 된다."

무슨 근거인지는 몰라도 쭈쭈바는 걱정하지 말라며 자신했다. 전교생 앞에서 폭로를 하던 그 용기는 어디 갔냐는 자극도 있었다.

"씨발, 그때는 그냥 막 나갔던 거지. 근데 뭔 수로 뒤를 봐줘?"

"너 우리 회장님 베스트 프렌드가 누군지 알아? 회장님 베프 겸, 환경부장 후보 겸, 우리 선거운동원이 누군지 아냐고?"

"누군데?"

"신가리!"

"신가리?"

"그래, 신가리!"

위기 때마다 나타나는 우리의 신가리였다. 그리고 나타날 때마다 효과를 보는 우리의 신가리이기도 했다. 대신 이번에는 그 이름값만으로는 조금 부족해서, 오크는 직접 만나 봐야겠다고 했다. 만나서 보증을 해 주면 계획에 참여하겠다는 것이었다. 3학년은 빼고 1, 2학년 교실만 돌겠다는 조건과 함께였다.

"일단 데리고 와 봐. 그러고 나서 걔가 약속을 해 주면 이 한 몸 불사른다. 아주 원 없이!"

그 말에 쭈쭈바는 대꾸를 하지 못했다. 가능할 리 없었다.

그런데 전학생은 나폴레옹과 공통점이 있었다. 그것도 두 가지나 됐다. 첫 번째로는 키가 작았고, 두 번째로는 불가능이란 단어를 잘 몰랐다.

"그래. 운동원인데 걔도 도와야지. 아니, 그거랑 상관없이 옳은 일인데, 무조건 도와야지. 내가 더 적당한데 니가 정 신가리를 원하니까 어쩔 수 없지 뭐. 기다려!"

신가리가 전화를 받을 리 없어서 전학생은 바쁘게 뛰어갔다.

어떻게 할까? 잠깐만 고민한 나는 일단 전학생의 뒤를 쫓아갔다.

하지만 신가리는 교실에 없었다. 왠지 안심보다는 실망이 됐는데, 전학생이 그 애의 소재를 찾아냈다. 소각장에 있다고 했다.

소각장은 이름뿐이어서 재활용품 수거장이 더 맞는 이름이었다. 불씨 하나 없는 그 소각장은 체육 창고 바로 옆, 건물들과는 꽤나 떨어진 운동장 구석에 자리했다. 특히 3학년 건물과는 거리가 멀어서 2학년 애들이 주로 사용하는 장소였다. 목적이야 뻔했다. 창고가 시선을 가려 담배를 피우기에 좋았다. 가끔은 다른 목적으로 이용되기도 했는데, 오크가 협박을 받았던 장소도 바로 그곳이라고 했다.

나도 까마귀를 따라 그곳에 몇 번 가 본 적이 있었다. 그중에 한 번은 신가리가 오자 애들이 슬금슬금 자리를 피했었다.

그날도 신가리는 혼자였다. 그 애는 여기저기 솜이 삐져나온 분홍색 레자 소파에 앉아 있었다.

"야! 담배 꺼!"

전학생은 다짜고짜 소리부터 질렀다.

그 소리만큼이나 크게 나의 가슴은 덜컹 내려앉았다. 다행히 힐끔 이쪽을 쳐다본 거 말고 신가리는 별 반응이 없었다. 물론 담배를 끄지도 않았다.

"학생이 담배가 웬 말이야? 아니, 이건 학생이랑 성인이랑 상관이 없어. 아무리 준 성인이라 하더라도 몸에 해로운 걸 왜 피우는 거야? 담배의 중독성이 얼마나 심한데. 더 늦기 전에 끊어야 한다니까. 너 우리 할아버지가 금연을……."

전학생의 잔소리는 길고 길었다. 신가리가 다 피웠는데도 멈출 생각을 안 했다.

그러던 중에 나는 신가리와 눈이 마주쳤다.

"안녕. 나 너희 반이야."

아, 존재의 서글픔이여.

"알아."

당연한 일이지 않은가? 그런데도 나는 조금 기뻤다.

"집에서도 봤잖아."

그 말에 나는 더욱 기뻤다. 그런데 혹시, 그때의 그 일을 탓하는 말일까? 변명을 해야 하나? 괜히 친한 척을 해? 머릿속이 복잡해졌다.

"무슨 일이야? 담배?"

아, 이제 죄스럽기까지 하다. 저 말없는 신가리가 나를 위해 끊임없이 말을 걸어온다. 뭐해? 벙어리야? 얼른 대답을 해야지.

"좋지."

나도 모르게 튀어나온 대답에 놀랄 틈은 없었다. 언행일치, 나의 손은 담배를 찾는 시늉으로 바지 주머니를 뒤적였다.

"이 새끼 이거, 너 담배까지 펴?"

전학생의 화살이 나를 향했다.

"그게 아니라…… 야, 점심시간 끝나 간다. 애들 기다리잖아."

다행히도 그 말이 통했다. 전학생은 무언가 아쉽다는 표정으로 쩝쩝 입맛을 다시더니, 본래의 용건을 꺼냈다.

대체로 논리 정연한 이야기였다. 하지만 시간이 부족하다는 말이 무색하게도, 이야기의 시작은 자신이 회장 출마를 결심한 순간부터였다. 대신 우리의 입장을 충분히 전달할 만큼 자세한 이야기이기도 했다.

"그러니까 너의 역할은 가짜 교통 카메라야. 그냥 옆에 서 있기만 하면 된다 이거야. 위협용인 거지. 너도 말썽만 피우지 말고, 이번 기회에 좋은 일도 좀 하고 그래. 어때, 좋지?"

신가리는 별다른 대꾸가 없었다.

"오호, 너도 좀 그렇다 그거지? 이해해, 충분히 이해해. 누구나 싸움이 무섭고 그런 거야. 오죽하면 나도 그럴 때가 있겠냐? 하하하. 그럼 그렇게 하면 되겠다. 너는 오크의 가짜 카메라. 나는 너의 가짜 카메라, 아니, 나는 진짜 카메라. 니가 나설 일 없이 내가 다 해결해 줄게. 복잡하기는 한데 오크가 널 원하잖아. 뭐, 난 그것도 이해해. 권위에 기대는 습성은 누구나 비슷하거든."

전학생은 턱없는 소리를 지껄였다.

"할게."

그 턱없는 소리가 먹힌 것은 아니었다.

"할머니가 그거 고맙다고 전하라더라."

"그거? 아, 망고! 할머니도 참, 뭐 대단한 것도 아닌 걸 가지고……. 사실 나도 먹고 싶기는 했는데……. 알지? 망고."

물론 망고가 먹힌 것도 아니었다.

전학생의 헛소리와 망고, 잔소리, 벤치에 가는 내내 계속된 자기 자랑. 나는 왜 신가리가 전학생의 제안을 수락했는지 알 듯 모를 듯했다.

우리가 벤치에 도착하자 쭈쭈바는 벌린 입을 다물지 못했다. 처음에는 힐끗힐끗 쳐다보기만 하다가 나중에는 자꾸 말을 걸기도 했다. 그러더니 얼마 뒤에는 아쉬움을 감추지 못했다. 점심시간이 다 끝나 교실에 들어가야 해서였다.

그렇다고 그 아쉬움을 그리 오래 간직할 필요는 없었다. 그날 저녁, 우리는 수돗가 옆 벤치에 다시 모였다. 그리고 그 우리는 신가리도 포함된 우리였다. 전학생의 말처럼 선거운동 전략 캠프가 결성된 이후 백 프로의 출석률을 기록하기는 처음이었다. 나머지 둘은 이름만 빌렸으니 틀린 말이 아니었다.

전학생은 그 기념비적인 날을 기념하기 위해 파이팅을 제안했다. 오크에게 너는 잠깐만 빠져달라고 양해를 구하는 일도 잊지 않았다. 동그랗게 원을 그린 우리는 각자의 손을 모았다.

우리는 총 다섯 번의 파이팅을 외쳤다. 첫 번째는 신가리가 아무 말도 하지 않아 실패였다. 두 번째는 소리가 작을 뿐 아니라 딱딱 맞지도 않는다고 했다. 세 번째는 나름 괜찮았는데, 전학생의 생각으로는 "힘아리가 없는 목소리"였다. 그래서 네 번째 만에

"좋았어!"

전학생의 기준을 통과할 수 있었다.

쭈쭈바는 "호로로로" 인디언 비슷한 소리를 내면서 크게 박수를 쳤다. 로댕과 신가리는 웃고 있었다. 나는 신가리가 웃는 걸 그때 처음 보았다. 수줍음이 섞인 그 미소가 조금은 의외였다.

그런데 우리는 한 번 더 파이팅을 외쳐야 했다. 오크의 요청 때문이었다.

"너희는 이런 거 안 했어? 또 하려고?"

전학생이 의심을 담아 묻자

"나는 후보 취소됐잖아. 안 그랬으면 했지."

오크가 억울하다는 듯 대답했다.

"그래? 까짓 거 뭐."

전학생은 인심 쓰듯 말했다.

그 자리가 그렇게 파이팅을 외치기 위해 모인 자리는 아니었다. 양심선언을 위한, 아니 양심고백을 위한 준비 모임 같은 것이었다.

점심시간에 신가리를 만난 오크는 양심선언을 하겠다고 확답을 했었다. 그 뒤에 우리는 그 방법에 관한 의견들을 나눴다. 양심선언이라는 딱딱한 말보다는 양심고백 정도가 어떻겠냐는 의견은 내가 냈다.

그 자리에서 우리는 오크가 어떻게 폭행을 당했는지도 들을 수 있었다.

"어후, 내가 그때……. 어후!"

오크는 그런 감탄사와 함께 그때의 이야기를 들려주었다.

그날 점심시간, 누군가가 오크를 불러냈다고 했다. 7반의 둘이 있었는데 평소 인장의 멤버라고 거들먹거리던 애들이었다. 둘 중 한 명은 일명 샷뽀로, 피제이의 운동원들 중 한 명이었다. 담배를 같이 어쩌고저쩌고, 잘 지내보자 어쩌고저쩌고. 오크는 꺼림칙했지만 별수 없이 그 둘을 따라 소각장에 갔다. 거기에는 까마귀도 있었다.

담배를 나눠 핀 뒤 까마귀가 본론을 꺼냈다. 게임기를 줄 테니 피제이를 지지하라는 것이었다. 그것을 거부하자 후보 사퇴라도 하라고 했다. 피제이에 대한 직접적인 언급은 없었다. 그렇게 돌려 말하기는 했어도 내용이 그랬다.

오크는 유머 감각으로 그 위기를 벗어나려 했지만, 그 셋은 유머 감각이 없었다. 비아냥거림으로 오해한 그 애들은 험악한 소리를 내뱉기 시작했고, 오크도 자존심을 지키려 했다. 그 대가는 폭행이었다.

까마귀의 선빵과 삿뽀로의 가담으로 두 명에게 맞았다. 무차별적인 구타는 아니었고, 협박하는 용도의 손찌검이었다. 오크는 끝까지 확답을 하지 않으며 그 애들이 듣고 싶어 하는 말로 얼버무렸다. 그러자 만족한 그 애들은 반쯤 남은 던힐 한 갑을 쥐어주고는 그곳을 떠났다는 것이었다.

회장 후보라서 참았다, 연장을 들 뻔했다, 나는 끝까지 유머 감각을 잃지 않았다 등등. 그런 사족들을 빼고 내가 들은 내용은 그랬다.

"씨바, 근데 징계는 내가 먹은 거야. 말이 돼? 양심선언 할애비를 해서라도 나의 억울함을 풀겠다 이거야, 내 말은."

그날 저녁 시간의 그 모임은 오크의 그런 억울함을 풀기 위한 예비 모임이었다. 더 정확히 하자면 오크의 양심고백을 미리 검증하는 자리였다.

우리는 벤치에 나란히 앉았고, 오크는 앞에 나가 섰다. 준비를 철저히 했다며 오크는 자신감을 보였다.

"흠흠."

그 애는 목부터 가다듬더니 벤치 밖으로 몇 걸음 물러났다. 그럴 필요 없다고 하자 교실을 들어가는 장면부터 해야 한다고 했다.

아니나 다를까 오크는 교실 문을 여는 흉내를 냈다. 그러고는 "하!" 힘찬 기합과 함께 가벼운 박수를 한 번 쳤다. 그러더니 양 팔꿈치로 번갈아 허공을 찔러댔다. 무슨 짓인가? 그 고민은 금방 풀렸다. 오크는 싸이의 〈챔피언〉을 부르기 시작했다. 그렇다면 그 것은 〈챔피언〉의 안무였다.


내 뺨을 치~ 면서, 사퇴를 하라면서

이것 보소 맘껏 치소, 내 맘은 안 흔들려

도전자, 날 때리는 네가

도전자, 사퇴하라는 네가

도전자, 뇌물 주는 네가

……

도전자, 거부하는 나는, 챔피어어어언!

가사를 바꿨고, 노래를 줄여 전곡을 부르지도 않았다.

노래를 마친 오크는 교탁에 선 시늉으로 팬터마임 비슷한 것도 했다.

"야! 그게 뭐야?"

더 이상 참기 힘들었는지 전학생이 끼어들었다.

"왜? 이제부터는 말로 할 거야. 시선이 딱 모였잖아."

"더 진지한 분위기로 가야지."

"이제부터 진지해진다니까. 그 전에는 관심부터 받아야지."

둘은 서로 물러서지 않았다. 특히 오크는 노래는 절대 포기하지 않겠다고 선언했다.

"그럼 윤도현이나 이승환으로 가자. 록발라드."

전학생 딴에는 많은 양보였다. 하지만 오크의 신념을 꺾을 수는 없었다. 관심을 끄는 데는 댄스 곡이 훨씬 낫다고 했다. 그리고 딱 들어맞는 가사가 예술이란 말도 덧붙였다.

계속 반대하면 차라리 안 하고 말겠다는 말에 전학생도 별 방법이 없었다. 불만스런 표정으로나마 전학생은 고개를 끄덕였다.

덕분에 선언 내용에 대한 합의는 빨리 끝났다. 못내 떨치지 못한 아쉬움을 구시렁대느라 전학생의 참견이 적어서였다. 우리는 주로 선거 규칙을 위반하지 않는가를 신경 썼다. 오크는 우리의 운동원이 아니어야 했고, 만약을 대비해 비방이 아닌 고백이 되어야 했다.

"저는 억울함을 호소하기 위해 이 자리에 섰습니다"로 시작되는 그 내용은,

"누군가의 지시가 있었는지, 자발적 행동이었는지는 여러분의 판단입니다. 그러나 확실한 사실은 제가 그날 저녁 여섯 시 반경에 그 두 명에게 폭행을 당했다는 것입니다. 이상입니다."

그렇게 끝을 맺었다.

나는 그런 간결한 내용이 마음에 들었다. 노래를 부르며 등장하는 그 방식도 괜찮다고 생각했다. 오크의 말처럼 애들의 관심을 확실히 끌 수 있는 방법이었다. 양심고백이라는 단어를 좀 더 친근하게 느껴지게 하는 방법이기도 했다.

"좋네!"

"그치? 좋지?"

"응, 괜찮다."

다른 애들의 의견도 다르지 않아 우리는 꽤 만족스러웠다.

"좋긴 뭐가 좋아?"

물론 그 다른 애들 중에 전학생은 들어 있지 않았다.

"본래 양심선언이란 게 말이야. 신뢰성이 최우선이라고. 근데 그 신뢰성이란 게 어디서 확보되느냐? 그건 말이야……."

전학생은 여전히 구시렁거렸다.

"야, 이미 오다는 떨어졌어! 전쟁터에 나가는 사람한테 응원은 못 해 줄 망정 왜 그래? 사기나 떨어트리고 말이야."

'오다'는 아마 오더, 그러니까 명령, 허락, 뭐 그런 뜻인 듯했다. 어쨌든 쭈쭈바가 오랜만에 맞는 말을 했다.

전학생은 입이 쑥 튀어나왔고, 그러거나 말거나 우리는 힘차게 발을 내딛었다. 쭈쭈바의 말을 빌리자면 전쟁터를 향해서였다.

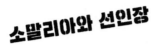

# 소말리아와 선인장

"야, 존나 골 때리지?"

"와, 그 새끼. 뭔 깡이데?"

"깡은 몰라도 춤은 잘 추더라. 하하!"

나의 생각보다 양심고백의 효과는 컸다. 아니, 큰 정도가 아니라 대성공이었다.

시간이 부족해서 첫날은 채 반도 돌지 못했다. 그런데도 온 학교의 관심사는 오크의 노래였고, 여기저기서 싸이의 〈챔피언〉이 들려왔다. 물론 오크의 개사 버전이었다.

"협박하는 니가! 도전자, 땡깡 쓰는 니가! 도전자, 거부하는 나는, 챔피어언~!"

어느새 태도를 바꾼 전학생도 온종일 그 노래를 흥얼거렸다.

다음 날도 마찬가지였다. 아니 오히려 그 열기는 더욱 커졌다.

오크의 고백이 7반쯤에 이르렀을 때는 복도까지 애들로 북적거렸다. 오크의 양심고백을, 그러니까 오크의 노래를 구경하려고 모인 애들이었다. 하지만 그런 관심만 하더라도 우리에게는 대성공이었다.

우리의 성공은 당연히 상대방의 심기를 건드렸다. 특히 당사자로 지목된 까마귀는 건들면 다쳐, 하는 노골적인 표정이었다. 나는 온종일 까마귀의 눈치를 살필 수밖에 없었다.

피하는 게 상책이어서 나는 까마귀의 눈에 띄지 않도록 최선을 다했다. 다행히 그즈음에는 까마귀가 나를 찾는 일이 조금은 적어져 있었다. 아마 서로가 선거운동으로 바빠서였을 것이다. 나는 까마귀의 친구 노릇에 많은 노력을 쏟지 않았고, 까마귀도 굳이 자신의 옆자리로 나를 불러들이지 않았다. 폭력 반대 어쩌고 하는 그 공약을 생각한다면 당연했다. 그래서 그날도 까마귀의 시선을 피하는 일이 그리 어렵지는 않았다.

쉬는 시간이 시작되면 얼른 교실을 빠져나갔다가, 시작 종과 거의 동시에 들어왔다. 시간을 보낼 곳이 마땅치 않아서 점심시간은 조금 골치였다. 복도에서 속 편하게 오크의 노래를 구경할 수는 없었다. 매점이나 그 근처도 불안하기는 마찬가지였다. 가장 편한 장소였던 화장실에서도 오래 있지는 못했다. 나는 지금 무얼 하고 있나, 스스로 초라해져서 좋은 장소는 아니었다. 수돗가 벤치? 전학생이나 누군가에게 들켜 괜한 변명을 늘어놓기도 싫었다. 그래서 복도를 배회하다가, 벤치도 갔다가, 화장실도 몇 번 들락거렸다. 그래도 시간이 남아 운동장 구석 어디쯤을 다녀오니 점심시간도 끝나고 있었다.

그쯤이면 됐다고 생각한 나는 교실에 들어갔다. 하지만 방심한 것이었다. 문을 열자마자 근처에 있던 누군가의 눈이 샐쭉하니 올라갔다. 까마귀였다.

"까리한테 물어보면 되겠네. 까리야, 잠깐만."

화가 난 것 같지는 않았다. 평소 나를 대하는 말투도 아니어서 조곤조곤 온화한 말투였다. 그래서 더욱 불안해지는 말투이기도 했다.

까마귀는 팬티킹과 이야기를 하던 중이었다. 팬티킹은 그냥저냥 평범한 애였는데, 왜 별명이 팬티킹이 됐는지는 잘 모르겠다. 여하튼 그 애가 나에게 물었다.

"까리, 신가리도 너희 편이야?"

우리 편? 난 그 말을 얼른 이해하지 못해 머뭇거렸다. 그러자 팬티킹이 다시 물었다.

"너희 선거운동원 맞아?"

"어? 어."

"거 봐. 내 말이 맞잖아."

까마귀는 속이 시원하다는 표정을 지었다. 그러다가 그 애는 갑자기 딴청 비슷한 것을 피웠다. 문을 열고 들어오는 신가리가 눈에 들어왔다.

그 둘은 무슨 이야기를 나눴을까? 까마귀에게 물어볼 수는 없는 노릇이었다. 팬티킹에게 물어보는 것도 내키지 않았다. 마음속에서 피어나는 찝찝함을 쓸데없는 호기심 정도로 애써 치부했다.

그 후 며칠간의 생활은 그리 다르지 않았다. 아침엔 정문에서 아침 선전을 했고, 쉬는 시간에는 까마귀의 눈을 피해 이곳저곳을 배회했다. 매번 함께하는 전학생과의 하굣길도 마찬가지였다.

"너 요즘 어디로 그렇게 사라지냐?"

전학생의 물음에는 "화장실"이라고 짧게 거짓말을 했다. 무슨 화장실에 점심시간 내내 있느냐는 질문에는 변비가 어쩌고저쩌고, 꽤 긴 거짓말을 해야 했다.

그렇게 쓸데없는 거짓말과 까마귀의 눈을 피하기 위한 노력이 필요했다. 하지만 그 며칠간 나의 기분은 꽤나 좋았다. 그도 그럴 것이 애들과 함께하는 선거운동은 즐거운 쪽에 가까웠다. 그리고 부회장이라는 직함을 생각하면 가슴이 부풀어 올랐다. 아마 그날 소말리아를 굳이 불러 세운 것도 그런 마음 때문이었다. 예정된 승리를 과시하고 싶었다.

"소말리아, 내 말이 맞지?"

선거를 하루 앞둔 날이었다. 나는 점심시간에 운동장을 배회하다 소말리아와 마주쳤다. 우리는 잡담을 나누다가 내가 먼저 오크의 양심고백에 관한 이야기를 꺼냈다.

"내가 언제는 안 믿었냐?"

"그래도 완전히 믿은 건 아니잖아."

"니가 그걸 어떻게 아는데?"

소말리아의 목소리가 까칠했다.

평소 같으면 그 목소리를 모르는 척, 그냥 하하 웃고 말았겠지만 그날은 그러고 싶지 않았다. 그래서 나는 평소보다 더 하하 웃으며 말했다. 너의 그런 태도 정도는 나에겐 아무것도 아니야, 곧 있으면 내가 바로 부회장이라고! 그런 과시의 웃음이었다.

"하하. 미안, 미안. 우리의 소중한 유권자한테……."

"뭐가 미안해? 소중한 유권자가 너희는 안 찍을 텐데."

소말리아는 퉁명스러웠다.

"야, 왜 그래? 그냥 농담이야."

난 얼른 태도를 바꿔 소말리아를 달랬다. '소중한 유권자'의 뜻이 절절히 와 닿는 느낌이었다. 하지만 피제이를 지지하겠다는 소말리아의 생각은 달라지지 않았다. 네가 어떻게 그럴 수 있냐는 나의 말에도 마찬가지였다. 나중에는 오히려 소말리아가 미안하다고 사과를 할 정도였다.

"미안해. 그래도 회장으로는 피제이가 괜찮지. 공약도 그렇고."

"야! 지켜야 공약이지. 폭력 안 쓴다는 놈이 사람을 팼는데 그게 괜찮아?"

"그건 그거고 이건 이거지. 그리고 사실 회장 하려면 그 정도 카

리스마도 있어야 되고. 또 폭력을 누르려면 힘도 필요하고."

"그래, 그렇다 치자. 그럼 그 힘을 너한테 쓰면 어쩔 건데?"

"야, 피제이가 그럴 사람이냐?"

소말리아가 나를 못난 사람 쳐다보듯 바라봤다.

나는 답답했다. 그래서 목소리가 높아졌다.

"전학생은? 오크는?"

소말리아의 답은 간단명료했다. 전학생은 공약을 하기 전의 일이었고, 오크는 피제이가 모르는 일이었다.

"피제이가 약속은 잘 지키잖아. 오크 일은 시키지도 않았는데 까마귀가 오버했겠지."

그 뒤로도 소말리아는 여러 가지 엉뚱한 소리를 했다. 나에 대한 반감이 부른 괜한 억지라고 생각해 봤지만, 그건 아닌 듯했다. 에이, 저런 생각을 하는 애가 몇이나 더 있겠어? 그런 생각으로 갑갑한 마음을 달랠 수밖에 없었다.

그런데 답답한 일은 그것뿐만이 아니었다.

그날 저녁 시간, 벤치로 모이라며 쭈쭈바가 급하게 날 찾아왔다. 그렇지 않아도 까마귀의 눈을 피하고 싶었던 나는 얼른 쭈쭈바를 따라갔다. 하지만 그 자리가 그리 기분 좋은 자리는 아니었다.

쭈쭈바는 벤치에 앉자마자 양심고백에 대한 피제이 쪽의 대응 방법을 설명하기 시작했다. 그 설명을 들은 나는 까마귀와 팬티킹이 나눴던 대화가 뭔지 짐작할 수 있었다. 어떤 식으로든 반응이 있을 줄은 알았다. 하지만 그렇게 노골적인 거짓말을 할 줄은 몰랐다.

"너 걔들 무시해? 우리가 했다고 누명도 씌우는 애들인데."

"그래도 이번처럼 완전 거짓말은 아니었잖아."

그렇다. 신가리의 협박으로 오크가 거짓말을 하고 다닌다는 그 말은 완전한 거짓말이었다.

그 터무니없는 거짓말에 어떻게 대응해야 할까? 전학생이 생각하는 답은 간단했다.

"내가 피제이하고 담판을 짓는다!"

나와 쭈쭈바는 얼른 전학생을 말렸다. 발뺌을 한다면 도리가 없었다. 더구나 자신들의 의견이 진실이라고 우겨도 별 방법이 없었다. 우리는 따까리, 미친놈, 쭈쭈바, 로댕이었다. 그래서 쭈쭈바는 신가리의 힘을 빌리자고 했다.

"신가리한테 말하라고 하자. 신가리는 먹힐 거 아냐?"

"이건 우리 문제잖아. 대표로 내가 하는 게 더 괜찮지."

전학생은 왜 신가리가 나서야 하는지 잘 모르는 눈치였다.

우리는 개구리고 걔네들은 뱀이잖아. 개구리가 뱀한테 따지다가는 어떻게 되겠어? 맘씨 좋은 뱀이라면 응 미안, 그 정도 사과는 할지도 모르겠다. 그리고 그다음에는 그냥 합, 한입 거리로 삼겠지. 대놓고 그 이유를 설명하고 싶지는 않았다.

신가리가 일차적 당사자다, 피제이가 그 애의 말은 귀담아듣는다, 네가 나서면 불화만 커진다. 그런 여러 가지 말로 설명하다가

한 가지가 얻어걸렸다.

"뭐든지 니가 직접 나서야 직성이 풀리지? 효율도 좀 생각하고 그래라."

그 말에는 전학생이 멈칫했다.

"내가 뭘? 나도 효율을 생각해서 그런 거지. 내가 하고 싶다고 그런 거 아냐!"

아마 효율을 생각하라는 설득보다는 직접 해야 직성이 풀리냐는 비난이 통한 결과였을 것이다.

무엇이 맞든, 전학생의 비위를 맞추는 일이 더 효율적이었다.

"그래. 그러니까 효율을 생각해서 이번엔 신가리한테 맡기자. 넌 신가리를 잘 설득하고. 그게 이리저리 효율적이잖아."

쭈쭈바의 마무리로 우리는 결론을 내리려 했다. 하지만 로댕은 그 의견에 반대를 표시했다.

"일만 커져."

여러 번의 질문을 던진 끝에 우리는 로댕의 의견을 짐작할 수 있었다. 싸움이 날 가능성이 크고, 그 싸움은 신가리에게도 우리에게도 나쁜 결과를 불러온다는 것이었다. 틀린 말이 아니었다. 걔네들이 신가리까지 끌어들인 걸 보면 갈 때까지 갈 준비가 돼 있다는 뜻이었다. 그리고 갈 때까지 간 그곳이 어떤 곳일지는 생각하기도 싫었다.

우리는 결국 거수를 하기로 했다. 신가리에게 알리자는 의견은 쭈쭈바뿐이었다. 또 한 번의 거수를 했는데, 전학생이 나서느냐 마느냐 하는 안건이었다. 물론 삼 대 일, 그 안건도 폐기되었다.

"그럼 어떡하자고?"

논의는 처음부터 다시였다. 게다가 이야기는 이제껏보다 길어질 게 뻔했다.

그런데 그때, 누군가가 우릴 불렀다. 다급한 목소리였다.

"야! 빨리 와 봐!"

낯이 익었는데, 로댕과 춤 대결을 벌였던 그 애였다.

쟤가 왜 우릴 부르지? 멀뚱히 쳐다보자 그 애는 더 크게 소리쳤다.

"인장 애들 다 모였어! 너희 반, 오크랑 신가리!"

우리는 그 말이 끝나기도 전에 벌떡 일어나 뛰기 시작했다.

교실 밖은 많은 애들로 북적였다. 그 애들은 우리가 다가서자 길을 터 주었다. 묘한 기분이었다.

신가리는 창가 쪽 맨 구석, 자기 자리에 앉아 있었다. 그 자리를 둘러싸며 여남은 애들이 반원을 그렸다. 까마귀의 심부름을 하면서 얼굴이 익은 애들이었다.

오크는 난처한 표정을 한 채 그 애들과 몇 걸음 떨어진 곳에 서 있었다.

무슨 상황일까? 나의 마음을 읽기라도 했는지 소말리아가 슬그머니 다가왔다. 그러더니 소곤거리는 음색으로 그때까지의 상황을 설명해 줬다.

십 분 전쯤에 인장 애들이 오크와 함께 들어왔다고 했다. 양심 고백에 관해 따지기 위해서였다. 그 애들은 신가리의 협박 때문이었다는 오크의 진술을 들이댔다. 신가리는 별다른 대응이 없다가 오크에게 몇 마디를 했다. 그러자 오크는 인장 애들의 협박을 받았다고 다시 말을 바꿨는데, 인장 애들은 인정하지 않았다. 오히려 그게 바로 신가리가 협박을 하고 있다는 증거라며 억지를 쓰는 중이라는 것이었다.

"근데 진짜 너희가 한 거 아니지?"

"아니라니까."

넌 어차피 피제이 찍는다면서 뭐가 그렇게 궁금해? 나는 그 말은 하지 못하고 그냥 짧게 대꾸했다.

그런데 그때, 전학생이 신가리 쪽으로 성큼 한 발을 내딛었다. 깜짝 놀란 나는 얼른 전학생의 팔을 붙잡았다. 거의 동시에 로댕의 팔도 같이 나왔다.

"맡겨 보자."

로댕의 말이었다.

전학생은 콧잔등을 잔뜩 찌푸렸다 폈다. 그러고는 별다른 대꾸 없이 고개를 끄덕였다.

"왜 말이 없어?"

인장 애들 중 한 명이 목소리를 높였다. 눈이 커서 내가 '두꺼비'라는 별명을 지어 준 애였다. 물론 나 혼자 속으로만 생각하는 별명이었다. 그 애가 그 큰 눈을 매섭게 치켜떴다.

"씨발, 우리한테도 그 잘난 협박 한번 해 보든가."

아마 처음 나온 욕인 듯했다. 두꺼비가 그 말을 하자 일순 주변의 공기가 달라졌다. 인장 애들도 마찬가지였다. 말한 애만 빼고는 얼핏 난처한 기색 같은 게 스쳐 지나갔다.

"해 보라고. 니가 애들 앞에서나……."

신가리가 쓰윽 일어났다. 두꺼비는 뒷말을 흐렸다가 다시 또박또박 그 말을 반복했다.

"니가 애새끼들 앞에서나 신가리지 내 앞에서도 신가리냐고!"

신가리는 무덤덤했다. 그러니까 긴장감도, 그렇다고 평온함도 찾아볼 수 없어서 평소의 그 애 표정 그대로였다.

"좀 비켜 줄래?"

목소리도 보통 때와 다르지 않았다.

두꺼비는 눈을 치켜뜨면서 움직이지 않았다. 하지만 그 옆의 애가 잠깐 망설이더니 한 걸음 정도 비켜났다. 몸을 비스듬히 튼 신가리는 그 사이를 비집고 나갔다.

그렇게 신가리가 교실 밖으로 나가자 교실 안의 볼륨이 갑자기 높아졌다.

"와, 할 말 없으니까 토끼는 거 봐 봐. 신가리도 창피한 건 아는구만!"

그 왁자함 중에서 까마귀의 목소리가 가장 높았다.

너나 창피함을 좀 알아라! 이 무식한 새끼야!

나는 그렇게 소리를 지르고 싶었다. 때문에 까마귀가 나를 부르자 보통 때보다 더 크게 가슴이 덜컹했다.

"까리야."

"응?"

조건반사였을 것이다. 곧바로 대꾸를 내놓은 나는, 그것도 한껏 부드러운 목소리를 내놓은 나는 차마 전학생, 쭈쭈바, 로댕의 눈치를 살필 면목조차 없었다.

"이제 인정할 때가 됐다. 신가리가 시킨 거 맞지?"

그 질문에는 대답하지 않았다. 하지만 대답해야만 하는 질문이었다. 아니! 아니라고! 너희들이 꾸민 일이잖아! 그렇게 소리쳐야만 했다. 그래서 다시 한번 나는 고개를 숙일 수밖에 없었다.

"왜 말이 없어? 하기사 대답하기 좀 그렇겠다. 애들 다 있으니까. 아니면 신가리 때문에 그래? 에이, 걱정 마. 친구 좋다는 게 뭐냐? 우리가 커버 쳐 줄게. 봤잖아. 신가리 좆도 아니야."

"아니…… 그게 아니라……."

"뭐라고?"

"아니…… 신가리가 시킨 게 아니라……."

내 용기의 크기는 딱 그 웅얼거림의 크기 정도였다.

"안 들려! 크게 좀 말해."

"……."

결국에 나는 그 웅얼거림도 내지 못했고, 그런 나를 대신해서 전학생이 목소리를 냈다.

"신가리가 시킨 거 아니라고 하잖아!"

"까리, 진짜야? 심사숙고한 대답 맞아?"

그때까지와는 다르게 까마귀의 목소리가 까칠해졌다.

"씨발, 친구가 거짓말하니까 기분 좆같네."

"아니…… 그게 아니라……."

"또 뭐가 아닌데! 그럼 신가리가 시킨 거 맞다고?"

"……."

"너 완전 좆같은 새끼다. 살살 거짓말이나 처하고."

아마 나의 얼굴은 석류처럼 붉게 달아올랐을 것이다. 그렇게 달아오른 나의 얼굴과는 다르게 머릿속은 차분했다. 정확히 하자면 멍멍했다. 아무 생각도 들지 않을 만큼 텅텅 비어서, 어떻게든 이 순간이 끝나게 해 주세요, 그런 바람도 되뇌지 못할 정도였다. 때문에 피제이를 향해 성큼성큼 걸어가는 전학생을 보고도 아무 생각이 나지 않았다.

우리에게 쏟아지던 애들의 관심이 전학생에게로 넘어갔다. 까마귀의 시선 역시 전학생을 향해 있었다. 그제야 나는 안도의 한숨을 내뱉었다. 나는 그런 내가 창피하지 않았다.

나는 안도의 표정을 짓는 대신 마치 전학생을 걱정하기라도 하는 듯이 염려스러운 표정을 지었다. 그제야 나는 내가 창피했다.

피제이는 책상에 앉아 참고서를 읽고 있었다. 그게 시늉인지 진짜 공부인지는 알 수 없었다. 어쨌든 그 애는 전학생이 옆에 섰을 때도 책에서 시선을 떼지 않았다.

"잠깐 얘기 좀 할래?"

그 말 뒤에야 피제이는 고개를 들었다.

"어? 왜?"

당황한 말투는 아니었다. 갑자기 웬일이냐는 그런 의뭉스러움도 느껴지지 않았다. 굳이 따지자면 친절한 말투, 승자가 패자를 맞는 그런 말투였다.

그런데 피제이의 그 짐작은 틀린 것이었다.

"너 용기는 있어?"

전학생이 물었다. 그 애답지 않게 무덤덤한 목소리였다.

"어?"

피제이의 음색이 조금 달라졌다.

전학생은 별다른 말 없이 피제이를 빤히 쳐다보았다.

"갑자기 뭔 말이야? 용기라니?"

피제이는 다시 물었다. 도대체 알아들을 수 없다는 듯 한껏 순진한 표정이었다.

직접 나설 용기, 정정당당하게 맞설 용기, 싸워서 끝까지 가 볼 용기. 그러니까 그냥 용기.

나는 용기가 있을까? 나는 이해한 그 말을 피제이는 끝까지 모르는 척했다.

전학생은 자리에 앉은 피제이를 빤히 내려다보았다. 그러면서 대답을 기다렸다. 피제이도 그 눈을 피하지 않아, 둘은 얼마 동안 그렇게 두 눈을 마주했다.

짧은 시간이었지만, 길게 느껴지는 시간이기도 했다. 바람이 잔뜩 들어간 풍선, 팽팽히 당겨진 실. 우리 모두는 숨을 죽였다. 그리고 나는 진짜로 전학생이 걱정되기 시작했다. 피제이의 성질을 건드렸다가는 어떻게 되는지 누구나 알고 있었다. 더구나 그 애 때문에 병원까지 다녀온 전학생이 그 사실을 모를 리 없었다. 그런데도 전학생은 꿋꿋한 표정이었다.

"없네, 없어."

다행히 전학생이 먼저 실을 놓았다. 그 애는 그렇게 툭 말하더니 그 자리를 벗어났다.

어쩌면 더 힘껏 실을 잡아당겼던 것인지도 모른다. 피제이는 더 이상 자신의 감정을 감추지 못했다. 그 애의 얼굴은 빨갛게 달아올랐고, 볼펜을 쥔 손이 부르르 떨렸다. 그리고 입술을 실룩이며 말했다.

"이리 와."

그리 크지 않은 목소리였다.

"오라고 이 새끼야!"

이번에는 버럭 소리를 질렀다.

전학생이 걸음을 멈추고 뒤돌아섰다.

"용기는 모르겠는데 내가 자존심은 좀 있어서 말이야……."

피제이가 자리에서 일어났다.

"여기? 아니면 밖에서?"

피제이의 질문에 전학생은 의아스러운 표정이 됐다.

"밖에는 왜? 이제부터는 페어플레이 하자는데."

전학생의 말에 피제이의 얼굴은 더욱 일그러졌다.

"야! 너희도 봤지? 나도 참을 만큼 참았다. 폭력 금지한다는 공약 깨는 거 아니니까. 걸려 온 싸움, 누구 말마따나 용기를 내서 대응하는 거뿐이다."

피제이는 흥분한 음성을 애써 감추며 말했다.

"뭐야? 피제이 너, 지금 나랑 결투하자는 거야?"

전학생은 뜻밖의 말이 놀랍다는 표정이었다.

"결투라…… 괜찮겠나? 알고 있지? 나 선출이라는 거. 선수 출신. 뜨거운 청춘끼리 주먹을 교환하는 것도 괜찮은 일이기는 한데, 괜히 일반인을 건드리면 골치 아파지거든. 왜 그런 거 있잖아? 가중처벌. 음…… 그럼 나중에 딴소리하기 없기로 하고 뜨겁게 한 판?"

"허허."

어이가 없는지 피제이가 헛웃음을 지었다.

"대신 내가 발은 안 쓰도록 할게. 킥복싱에서 킥은 빼는 거지 뭐. 원래는 복싱도 쓰면 안 되는데 두 손 두 발 다 안 쓰면 아무리 나라도 어쩔 수 없으니까. 하하!"

전학생도 웃었다.

그 웃음을 신호로 피제이가 앞장섰고, 전학생이 뒤를 따랐다. 애들도 우르르 함께 나가려는데,

"무슨 구경났어?"

까마귀가 빽 악을 질렀다.

"따라오는 새끼들은 다 대갈통을 빠개 버릴라니까!"

까마귀의 말에 애들은 아쉬움을 감추며 괜히 딴청을 피웠다.

"넌 먼저 가 있어. 난 금방 따라갈게."

그 애들 속에 쭈쭈바는 들어 있지 않아서, 쭈쭈바는 그렇게 말했다.

"갈 필요 있을까?"

나는 그 필요를 모르지 않았다. 하지만 그렇게 물었다.

"그럼 안 갈 거야?"

"딴 애들도 안 가잖아."

괜히 우리가 끼어서 좋을 일이 뭐 있겠어? 둘이 앗쌀하게 한 번 붙고 화해하고 그러는 거지. 그래서 까마귀도 애들한테 따라오지 말라고 했을 거야. 나는 그런 터무니없는 말이라도 하고 싶었다.

"안 가긴 뭐가 안 가?"

로댕은 벌써 전학생과 함께 사라진 뒤였고, 까마귀나 인장 애

들도 황급히 교실을 나가는 중이었다. 그러니까 이 일과 관련된 사람들은 그 싸움을 지켜볼 수 있다는 말이었다. 당연히 나 역시 관계자였다.

"근데 왜 나만 먼저 가? 너는?"

"심판 봐야지, 신가리가. 찾아서 데리고 갈 테니까 먼저 가 있어."

쭈쭈바가 그런 자리를 함께한다고 해서 어쩐지 이상하다 생각했었다. 쭈쭈바에게 신가리란 뽀빠이의 시금치와 같은 존재인 게 분명했다. 넌 뽀빠이가 아니잖아! 나는 톡 쏴 주고 싶었다.

"어딘 줄 알고 가?"

그래, 그 애들은 벌써 어디론가 사라지고 없잖아.

"뻔하지. 소각장."

사실 뻔했다. 나도 소각장을 향할 수밖에 없었다.

# 무명들

소각장을 향하는 나의 발걸음은 천천히 아주 천천히, 거북이보다도 느렸다. 연신 뒤를 돌아보기도 했다. 신가리 데리고 왔어! 쭈쭈바의 외침이 꼭 들리는 듯해서였다. 하지만 쭈쭈바의 목소리보다 소각장에서 들려오는 웅성거림이 먼저였다. 소각장이 눈에 들어오기도 전에 그 소리들이 나를 맞이했다. 그리고 그 소리들은 모래주머니처럼 나의 발목에 매달렸다. 누군가의 속삭임처럼 나의 귀를 간지럽히기도 했다. 그냥 돌아가 버려. 네가 거기 가서 뭘할 건데? 싸움이라도 할 거야? 기껏해야 벌벌 떨기나 하겠지. 차라리 적당한 핑계를 대고 그냥 돌아가 버려.

무슨 핑계? 화장실? 발목? 두통? 차라리 무슨 일이라도 생겼으면…… 그러니까 무슨 일?

그런 턱없는 생각을 하는 동안 나는 어느새 소각장에 들어서고 있었다. 애들의 시선이 한꺼번에 나에게 쏠렸고, 나의 눈엔 까마귀가 가장 먼저 들어왔다. 그다음에는 애들 사이에 함께 선 로댕이 눈에 띄었다.

그곳에 신가리가 있다는 사실은 얼마 뒤에야 알았다. 그 애는 다른 애들과는 몇 걸음 떨어진 곳에서 담배를 물고 있었다. 아마 아까 교실을 나간 뒤 곧바로 담배를 피우러 온 모양이었다. 나는 바짝은 아니더라도 슬그머니 거기 옆에쯤 섰다.

신가리는 나의 시금치이기도 했는지 없던 힘이 조금 생겼다. 그래도 달라질 일은 없었다. 나 역시 쭈쭈바처럼 뽀빠이가 아니었다.

다른 애들은 동그랗게 원을 그리고 서 있었다. 빽빽하지는 않아서 씨름장 크기만 한 그 안이 훤히 들여다보였다. 당연히 거기에는 전학생과 피제이가 마주 보고 있었다.

과장하자면 둘의 키 차이는 두 배 정도였다. 피제이는 양팔을 내린 채로 꼿꼿했고 전학생은 양 주먹을 가슴에 모으느라 웅크렸다. 그래서 둘의 덩치 차이가 더욱 선명했다.

"들어와! 들어와!"

전학생이 상체를 좌우로 건들거리며 말했다. 자신감이 가득한 목소리였다.

혹시 진짜 실력자일지도 모른다, 나는 기대했다. 그렇지 않고서는 설명할 수 없는 자신감이었다. 그러고 보니 예전 교문에서의 그 킥복싱이 범상치 않았던 것도 같았다.

피제이가 그 말대로 성큼 한 걸음을 내딛었다. 그리고 거의 동시에 전학생의 주먹이 공중을 갈랐다.

아, 파리채. 나는 예전 신가리의 할머니가 휘둘렀던 그 파리채를 떠올렸다. 전학생의 주먹은 마치 할머니의 파리채가 그랬듯 비실비실, 반원을 그리며 피제이의 팔뚝을 스쳐 지나갔다. 우리가 흔히 '소녀 펀치'라고 부르던 그런 주먹질이었다.

그 비실한 손짓을 가볍게 흘려 버린 피제이가 오른손을 재빠르게 추켜올렸다. 전학생의 방어 역시 재빠르기는 마찬가지였다. 그 애는 양팔로 얼굴을 빈틈없이 감쌌다.

다음부터는 일방적이었다. 피제이는 샌드백을 다루듯 일방적으로 전학생을 두들겼다. 몸을 웅크린 채로 용케도 버티고 선 전학생의 모습이 샌드백과 닮아 있기도 했다.

"들어와! 들어오라고!"

그렇게 쓰러질 듯 쓰러지지 않으면서 전학생은 그 소리를 멈추지 않았다.

권투 모양의 펀치, 태권도 모양의 발차기, 무에타이 모양의 무릎 치기. 처음에는 화려한 기술을 선보이던 피제이의 얼굴에서 조금씩 웃음기가 사라졌다.

결국에는 찡그린 표정이 된 피제이의 주먹질이 잔인했다. 전학생도 더 이상 버틸 수 없었는지 자리에 쓰러졌다. 대신 얼굴을 감싼 양팔과 "들어와! 들어와!" 그 목소리는 그대로였다.

"약하다, 약해."

응원인 듯 무엇인 듯 인장 애들 중 한 명이 목소리를 냈다. 그러자 피제이는 더욱 잔인한 발길질을 하기 시작했다. 그 발길질이 더해질수록 전학생의 방어는 느슨해졌고, 결국에는 얼굴을 감싼 양팔이 벌어졌다.

피제이는 온 힘을 다해 전학생의 얼굴을 짓밟았다. 그렇게 한 번,

두 번,

세 번.

"야, 그만!"

처음 듣는 로댕의 외침이었다. 그 외침과 함께 뛰쳐나간 로댕이 피제이의 허리를 껴안았다.

나도 그 애처럼 뛰어나가고 싶었다. 하지만 다리가 후들거려서 그럴 수 없었다. 차라리 다행이었다. 다리에 힘이 가득한들 뛰어나갈 용기는 여전히 없을 터였다.

"이제 끝났어. 그만해!"

그제야 피제이는 발길질을 멈췄다. 얼굴은 벌겋게 상기돼 있었다.

"로댕아, 왜 니가 끝을 내? 나는 이제 시작인데. 명색이 무도인이라 핸디캡 준 거잖아. 로댕 너는 참 눈치가 없어."

그 말과 함께 전학생이 비틀거리며 일어섰다.

제발 그만하자, 전학생아. 내가 이렇게 빌게.

나는 울고 싶었다.

전학생은 두 손으로 얼굴을 쓰윽 닦았다. 얼굴을 덮은 피, 눈물, 콧물, 그리고 침이 흙먼지와 엉겨서 찐득했다. 그 찐득함이 손이 지나간 자리 그대로 자국을 남겼다.

얼굴은 원래의 모습을 떠올릴 수 없을 정도로 퉁퉁 부어 있었다. 특히 검푸른 색으로 부어오른 오른쪽 눈은 위태해 보일 지경이었다.

"이 병신 새끼가⋯⋯."

피제이의 그 말을 신호 삼아 인장 애들 몇 명이 나왔다. 로댕은 끌려가지 않으려고 안간힘을 썼지만 별수 없었다.

"야, 왜 욕까지 하고 그래? 청춘의 결투에 그런 지저분한 말이 낄 자리가 어딨다고. 특히 나는 병신이라는 욕이 참 싫어. 약자 아닌 약자를 차별하는⋯⋯."

부어오른 입술 때문인지 전학생의 발음이 어눌했다. 그런 어눌한 말투가 이어지는 동안 피제이는 주변을 두리번거렸다. 그 시선이 멈춘 곳에 쇠파이프 몇 개가 뒹굴고 있었다.

그것을 가져오라는 피제이의 말에 까마귀는 선뜻 나서지 못하고 쭈뼛거렸다. 그러다가 교복 품속에서 무언가를 꺼냈는데, 피제이의 그 박달나무 봉이었다.

"씨발! 말 안 들을래?"

피제이는 신경질적으로 소리쳤다.

그제야 까마귀는 나무 봉 대신 쇠파이프 하나를 집어 피제이에게 건넸다. 길지는 않았고 서너 뼘 정도의 길이였다.

나는 어느새 주저앉아 있었다. 그래도 일어나야 한다. 일어나서 말려야 한다. 나는 안간힘을 썼다. 진짜다. 진짜로 일어나기 위해 온 힘을 다했다. 하지만 가위에 눌린 사람처럼 꼼짝도 할 수 없었다.

"너 어디까지 갈래?"

그래서 신가리의 그 말이 들린 뒤에야 나는 일어설 수 있었다.

"씨발, 니가 뭔 상관인데?"

피제이가 앙칼진 목소리를 냈다. 하지만 어딘가 과장된 목소리이기도 했다.

"이 정도면 충분하잖아. 책임질 만큼만 하자."

"와, 이 쌍놈의 새끼 좀 보게. 니가 우리 아버지야? 내 걱정을 왜 해?"

"그래, 니가 학교 선생이냐, 뭐냐? 이래라저래라 말만 존나 많아서리."

그때 두꺼비가 끼어들었다.

그 말을 용기 삼은 나머지 애들이 앞으로 나설 듯 말 듯 서로의 눈치를 살피기 시작했다. 그렇더라도 신가리가 그 애들을 비집고 원 안으로 들어가는 동안 그 행동을 막는 애는 없었다.

"방금 말한 새끼 나와 봐."

전학생과 피제이의 중간쯤에 선 신가리가 말했다. 평소의 저음보다도 더 낮은 목소리였다. 그런데도 그 목소리는 거기의 모두에게 들릴 만큼 넓게 울렸다.

두꺼비는 움직이지 않았다.

"아니면 아무나 나와."

이번에도 움직이는 사람은 없었다.

젤라틴이 구석으로 가더니 엉거주춤한 표정으로 휴대폰을 꺼내들기는 했다. 그러다가 어디론가 뛰어갔는데, 무슨 급한 볼일이 있는 듯했다. 그런 젤라틴을 뺀다면 그나마 피제이만이 분에 겨운 표정으로 씩씩댈 뿐이었다.

"야! 나 아직 안 끝났다니까! 이제 시작이라고!"

대신 전학생의 목소리가 높았다.

"넌 이제 쉬어."

신가리의 그 말에도 전학생은 지지 않았다.

"왜 쉬어? 이제 시작이라니까!"

부기 때문에 정확하지는 않았지만 전학생은 답답해하는 표정이었다.

신가리도 답답한 게 분명했다. 그 표정으로 신가리가 무언가 더 말을 하려고 할 때, 누군가의 목소리가 끼어들었다.

"전학생, 니가 좀 참아. 격투를 배웠다는 놈이 참을 줄도 알고 좀 그래야지."

언제부터였는지 쭈쭈바가 와 있었다.

"그래서 내가 핸디캡 줬잖아. 이제부터 시작이라니까."

"야야, 그래도 명색이 격투가가……."

쭈쭈바의 설득은 항상 효과가 있는 편이었다. 하지만 그 설득은 더 이상 이어지지 못했다.

"오냐오냐해 줬더니 내가 호구로 보이나. 아가리 안 닥쳐, 이 씨팔놈들아!"

피제이의 호통 때문이었다.

"야, 신가리. 그냥 너랑 나랑 여기서 끝을 내자. 니 말대로 책임질 만큼만 할 테니까."

피제이는 손에 쥐고 있던 쇠파이프를 스윽 들어 보였다.

비겁한 새끼.

"에이, 비겁한 새끼!"

나의 속마음 그대로 전학생이 소리쳤다.

"킥복싱도 안 배운 신가리한테……. 에이, 비겁한 새끼야! 겁쟁이 새끼야! 에이, 무식한 새끼!"

전학생은 계속 욕을 했다. 처음 들어보는 전학생의 욕설이 어딘가 어색했다.

따지고 보면 처음은 아니었다. 그때 담임에게 날렸던 그 욕, 나는 그것을 떠올렸지만, 무슨 이유에선지 전학생의 그 욕설은 처음 듣는 것만 같았다.

"니가 바로 최고로 무식한 새끼야, 인마. 넌 니 무식한 생각이 다 맞다고 생각하잖아. 그래서 그 무식한 생각을 막 강요하고. 그게 젤 무서운 거야. 젤 나쁜 짓이라니까! 차라리 도둑질을 해. 강도짓을 하던가! 이 무식한 새끼야, 이 최고로 무식한 1등급 무식쟁이 새끼야!"

전학생은 계속 욕을 해댔다. 신가리의 진짜 카메라 역할을 하는 중일 것이다, 나는 생각했다.

"근데 나 같은 보통 무식쟁이한테는 니 말이 안 통하거든. 백날 그깟 쇳쪼가리 휘둘러 봐라. 내가 꿈쩍이나 하나, 이 무식쟁이야."

전학생의 말은 효과가 있어서 피제이의 얼굴이 더욱 붉게 달아올랐다. 그렇더라도 결국 피제이가 향한 곳은 신가리 쪽이었다.

"넌 조금만 기다려."

"피제이! 잠깐만."

그런데 그때, 무슨 일인지 까마귀가 앞으로 나섰다.

피제이에게 다가간 그 애는 무언가를 속삭였다. 나에게는 들리지 않는 크기였는데 전학생의 귀에는 들린 모양이었다.

"까마귀야, 프랑켄이라는 사람은 뭐하는 사람인데 여기에 부른다는 거야?"

그 말을 들은 나는 조금 전 젤라틴의 전화 통화를 떠올렸다. 프랑켄에게 도움을 청하는 연락이었던 모양이다.

"이 미친 새끼야, 내가 누구를 부르건 말건 니가 뭔 상관인데?"

전학생에게 한 말이었지만, 까마귀의 시선은 신가리를 향해 있었다. 그러니까 프랑켄이 올 것이라는 엄포였다.

그 협박에 신가리의 표정은 조금도 변하지 않았다.

"이제 너희들은 가."

신가리가 말했다.

처음 들어보는 밝은 목소리였다. 그래서 나는 알았다. 신가리가 우리를 보내고 싶어 한다는 사실을. 그리고 프랑켄이 도착하면 어떤 일이 벌어질지 그 결과가 뻔하다는 사실을.

싸움, 그러니까 일방적인 구타. 그 뻔한 결과 때문에 나는 가고 싶었다.

"우리는 그냥 가자."

나는 슬며시 로댕에게 다가가 말했다.

"그래도 있어야지."

"왜?"

나는 물었고, 로댕이 답을 알려줬다.

"우리 일이잖아."

대체 나는 언제부터 '우리'였을까? 전학생이 출마를 했고, 쭈쭈바가 규율부장을 원했다. 그리고 로댕은 쭈쭈바를 따라왔다. 나는 애초에 그 부회장이란 걸 하고 싶기는 했었나? 아, 처음에 전학생이 집에 같이 가자고 했었지. 그때 내가 싫다고 말할 수 있었다면, 그러니까 내가 싫다고 말을 했더라면……

"싫어. 먼저 갈게."

나는 싫다고 말했다.

"야."

쭈쭈바가 날 불렀다.

넌 안 갈 거야? 난 쭈쭈바를 쳐다보았다. 그 애는 쭈쭈바답지 않은 표정으로 대답을 대신했다. 아직도 자신을 뽀빠이로 믿고 있는 게 분명했다.

마지막으로 나는 전학생에게 다가갔다. 가긴 어딜 가? 같이 있어야지! 그런 뻔하디뻔한 답을 듣기 위해서였다. 왜 그랬는지는 모르겠지만 그래야 한다고 생각했다.

"난 갈 건데……."

"그래. 빨리 가."

예상과는 다른 답이었다.

"쭈쭈바랑 로댕도 데리고. 여기는 내가 다 커버칠 테니까. 하하!"

함께하자고 할 줄 알았다. 적어도 우리를 보내려 할 줄은 몰랐다.

전학생이 따까리의 마음을 알 리 없었다. 미친놈이 평범한 사람의 마음을 알 리도 없었다.

"니가 내 마음을 알아?"

"갑자기 뭘?"

"하기야 니가 알 리가 있냐?"

나는 상처를 주고 싶었는지도 모른다.

"……."

"나도 알아."

얼마 동안 조용하던 전학생이 우물쭈물한 목소리로 말했다.

"알긴 뭘 알아?"

나는 울컥 화가 났다.

"아까 피제이가 쇠파이프 들었을 때, 그때 내가 얼마나…… 진짜로 움직일 수가 없어서…… 내가 일어나려고…… 하늘에 맹세코 진짜로…… 진짜로 내가……."

나는 말을 하다 말고 발걸음을 옮겼다.

"따까리야!"

전학생의 외침에도 뒤돌아보지 않았다.

교실로 돌아가기는 싫었다. 수돗가 벤치도 싫어서 운동장 구석에 자리를 잡았다. 골대 근처에서는 1학년 애들이 축구를 하고 있었다.

축구가 눈에 들어오지는 않았다. 우리 일이니까! 축구에 신경을 쏟아 보려고 해도 그 말이 머릿속을 맴돌았다. 쭈쭈바의 표정도, 빨리 가라는 전학생의 말도 함께였다. 하지만 나는 떳떳했다. 거기에 있어야 할 이유만큼 거기에 있지 않아도 될 이유 역시 많았다.

대체 뭐가 있는데? 전학생이 묻는다면 난 대답할 자신이 있었다. '너야말로 폭력이 나쁜 거라고 했잖아. 난 그 폭력이 싫어. 폭력에 폭력으로 맞서는 건 내 체질이 아니야. 뭐? 에이, 싸움에 좋고 나쁘고가 어딨어? 더 큰 폭력에 대한 수단? 참여? 그래서 뭐가 달라지는데? 우리가 하지 않았다고 그렇게 소리쳤지만 뭐가 달라졌냔 말야? 결국 난 너한테 구질구질한 변명이나 하고 있을 뿐이잖아.'

사실이 그랬다. 우리가 노력하면 할수록 상대방도 마찬가지였고, 우리는 어느새 진흙탕을 뒹굴고 있었다. 그 진흙이 생수처럼 투명하더라도 상관없는 일이었다. 누가 오크를 때렸는지는 중요하지 않았다. 그 진실을 상관하지 않는 사람이 소말리아만은 아닌 것이 분명했다.

양심, 옳은 일, 자기만족, 떳떳한 기다림. 전학생이 도덕 책에서 꺼내온 그 단어들을 귓가에 속삭이는 듯했다. 나는 전학생의 두 눈을 똑바로 마주 보았다.

'넌 그 말을 그렇게 듣고 싶은 거야?'

나는 다시 울컥했다. 그래서 크게 소리라도 치고 싶었다.

'좋아! 니가 듣고 싶은 그 말을 해 줄게. 나 겁쟁이다. 그래서 무서워. 무서워서 싸움이 싫다고! 싫으니까 거기에 있기도 싫어! 그게 잘못이야? 따까리는 그런 말도 하면 안 돼? 그게 잘못이야? 나도 처음으로 하고 싶은 말 좀 하겠다는데. 생전 처음 남의 눈치 좀 안 보고 살겠다는데!'

그래, 시원하다. 하고 싶은 말 하니까 속이 다 시원하다!

하지만 시원하지 않았다. 분명 싫다고 똑바로 말해 줬는데도 시원하지가 않았다. 왜일까? 사실 나는 알고 있었다. 싫다고 말할 수 있어서 여기 있는 게 아니라, 싫다고 말할 수 없어서 여기 있다는 것을. 그러니까 나는 그때까지 한 번도 싫다고 말해 본 적이 없다는 것을.

괜히 감정에 취한 나는 찔끔 눈물이 날 것 같았다.

"파이팅! 한 골, 한 골!"

축구를 하던 누군가가 소리쳤다. 수비와 공격 중 어느 편에서 나온 소리인지는 알 수 없었다.

내가 할 수 있을까?

나는 자리에서 일어났다가 슬그머니 앉았다. 그리고 다시 벌떡 일어나 소각장으로 향했다. 싫다고 해 주기 위해서였다. 그때까지 한 번도 해 보지 못한 그 말, '싫어!'를 크게 외쳐 주기 위해서였다. 나는 할 수 있다, 할 수 있다. 할 수 있으니까 나는 해야 한다.

의욕이 불타올랐다. 얼마나 불탔냐 하면 '벌써 싸움이 끝났으면 어쩌지?' 그런 쓸데없는 걱정을 할 정도였다. 하지만 나의 걸음은 마음과 달랐다. 재촉을 해도 그때뿐이어서 걸음은 어느새 느려져 있었다.

창고 너머에서 들려온 그 무시무시한 소리들을 듣고는 더욱 그랬다.

"죽여 버려!"

"으악!"

"이역!"

"이 새끼는 어디로 숨었어?"

심장이 귓속에서 쿵쾅거렸고 헛구역질까지 났다. 하지만 나는 멈칫도 하지 않았다. 호랑이 똥 냄새에도 달아난다는 멧돼지, 어? 나는 멧돼지가 아닌데. 여하튼 호랑이 똥 냄새에도 겁을 먹는다는 무슨 초식동물이 생각나서였다. 그러니까 이왕 온 거 괜한 자존심이 상해서였다. 흥, 내가 이 정도다! 스스로가 대견스러웠다.

빨리 따라와! 누군가 있었다면 그렇게 소리라도 쳐 주고 싶었다. 하지만 자존심은 본능을 이길 수 없었다.

의지! 그렇다면 의지뿐이었다. 나는 안간힘으로 한 발자국 한 발자국 앞으로 나아갔다. 아까의 모래주머니 정도가 아니었다. 한 마리의 초식동물이었던 나는 거친 물살을 거스르는 연어가 된 기분이었다. 그리고 그다음은 동태였다. 꿈 같은 광경을 믿지 못한 나의 눈은 흐리멍덩해졌을 것이다.

소각장에 들어서자 눈에 들어온 그 광경은 분명 꿈이었다. 물론 예상은 했었다. 예상한 그대로, 그러니까 상상한 그대로가 눈앞에 펼쳐져 있었다. 그래서 그곳이 꿈 같았다. 그게 몽정이든 악몽이든 여하튼 상상이 현실이 되는 곳은 언제나 꿈속이었다.

쭈쭈바는 눈물이 범벅인 채로 소각장 구석에서 울고 있었다. 그냥 우는 게 아니라 서럽게 꺼이꺼이, 오열이었다. 그런 모습에 차마 인장 애들도 달려들지는 못했다. 그리고 쭈쭈바에게는 비장의 무기도 있었다. 누군가 다가오는 기색이라도 보이면, "으악!" 냅다 비명을 질렀다.

바닥에 공벌레처럼 동그랗게 몸을 만 애는 로댕이었다. 그 똘똘 말린 몸 위로 수많은 발길질이 날아들었다. 아, 로댕은 그렇게 채이면서도 꿋꿋했다. 남들이 보면 무표정하다고 놀랐겠지만, 나는 알 수 있었다. 그건 꿋꿋한 표정이었다.

강구 형도 보였다. 그 형도 결국엔 '우리'가 되었는지, 바닥에 쓰러져 피와 신음을 뱉고 있었다. 그 옆에서 씩씩대는 두 명은 키가 큰 키다리와 머리가 반짝이는 왁스였다.

신가리는 대단해서 여전히 주먹을 휘두르고 있었다. 힘이 다해 허우적허우적 '한 놈만 걸려라 펀치'이기는 했다. 그래도 뭐, 상관은 없었다. 핏자국이 만든 가면은 꼭 영화 속 히어로 같았고, "이얏!" 기합 소리만으로도 주변의 애들은 다가서지 못했다.

전학생! 그런데 전학생이 눈에 띄지 않았다. 가슴이 조금 두근거릴 때쯤,

"따까리야!"

외치는 소리가 들려왔다. 그쪽으로 고개를 돌리자 폐품 더미 뒤에서 튀어나오는 전학생이 보였다. 활짝 웃느라 벌어진 입이 말라붙은 피 때문에 유난히 커 보였다.

머리는 엉클어졌고, 교복은 뜯겨 나가 러닝셔츠가 다 드러나 있었다. 피제이에게 맞아 생긴 상처들을 뺀다면 예상보다는 깨끗

한 모습이었다. 그리고 아직 힘도 남은 듯했다. 누군가가 막아서자 전학생은 킥복싱 자세를 취했다. 요가인 듯 무엇인 듯 한눈에 알아보기 힘든 그 킥복싱이었다.

까마귀는 구석에서 허리를 숙인 채로 숨을 헐떡이고 있었다. 아마 잠시 휴식 중이거나, 휴식 중인 척하는 것이었다.

나는 가만히 주먹을 쥐었다. 그러고는 다시 폈다가, 손가락 하나하나를 굽히며 다시 주먹을 만들었다. 주먹 앞면이 평평해야 돼! 그것은 누구나 아는 상식이었다.

그리고 허리를 쓰는 거야. 선빵, 무조건 선빵! 그래도 안 쓰러진다고? 계속 쳐. 그냥 휘두르는 거야. 허리, 정권, 이딴 거 생각하지 말고 그냥 휘둘러.

머릿속에서 누군가가 계속 소리쳤다. 그리고 심장이 귀 밑에서 뛰었다. 오줌은? 아마 마려운 것 같았다.

참아! 남자 새끼라면 오줌 정도는 참을 줄 알아야지!

나는 항문에 힘을 잔뜩 주며 까마귀를 향해 달려갔다.

"싫어! 까마귀 이 개새끼야!"

목이 터져라 외치면서였다.

# 엔딩 크레딧이 올라간 뒤

"야, 싸이코!"

우리는 쭈쭈바 집에 가기 전, 합류 장소로 가는 중이었다. 쭈쭈바가 좋은 동영상을 구해 놨다고 해서였다.

"야! 싸이코!"

그런데 또 그 소리가 들려왔다. 꼭 우리를 부르는 소리 같았다.

"저 새끼 맞네."

그 애들은 우리에게 다가왔다. 건들거리는 팔자걸음이었고, 전부 여섯 명이었다.

"이 새끼 이거 싸이코 맞네. 쌤 까는 거하며."

누구? 나는 아닌데. 저놈들은 대체 누구에게 그러는 거야?

"안녕! 너희들이었구나? 싸이코, 싸이코 하니까 누군지 몰랐지."

전학생에게 그러는 거였다.

"하, 이 새끼 이거. 그대로네."

전학생의 그전 학교 친구들이었다. 인사도 없이 전학을 가서 서운했다며 그 애들은 침을 찍 뱉었다.

나는 전학생의 이전 별명도 미친놈의 영어 버전, 싸이코였다는 게 놀라웠다. 그렇다고 걔들 앞에서 웃을 수는 없었다. 굴토끼 못지않은 나의 본능이 절대 웃지 말라고 삐삐거렸다. 더구나 그 애들은 눈까지 부라렸다.

"너 이 새끼, 안 그래도 우리가 한 번 찾아가려고 했다. 그렇게 물을 먹여 놓고 튀어?"

"어? 그랬어? 나 감영고 다니는 거 알지?"

그 애들은 어이없다는 표정을 지었다.

"그리고 부모님들이 말씀 안 해 주셨어? 그때 담임이랑 우리 집 찾아와서 희생 좀 해 달라고……. 에이, 됐다. 니들이 다 알 필요는 없으니까."

전학생의 말에 그 애들도 무언가 찔리는 게 있는 듯했다. 아무 말 없이 인상만 더 팍 쓰더니 우리를 쓱 둘러보았다. 토끼 가족 위를 상공하는 독수리의 눈빛이었다. 아마 더 적당한 먹잇감을 찾고 있는 게 분명했다.

내가 아니길. 내가 아니길.

"싸이코, 출세했다. 따까리가 따까리도 데리고 다니고."

나는 뜨끔했다. 하지만 그 애들의 시선은 쭈쭈바를 향해 있었다.

"누구? 나?"

쭈쭈바가 조심스럽게 물었다.

"그래, 너."

네가 가장 먹음직스러운 놈이야!

"딱 보니까 알겠네. 너 따까리지?"

"아니, 난 그게 아니고……. 우리 학교가 그게……. 딱히 그런 제도는 없는 학교의 장점이……."

쭈쭈바는 위기를 벗어나기 위해 열심히 노력했다. 하지만 그럴수록 말은 꼬였고, 또 그럴수록 먹이 사슬의 아래쪽으로 추락하는 꼴이었다.

"와, 이 새끼 맞네, 맞아. 말하는 게 딱 따까리야."

"아니라니까. 내가 아니라……."

쭈쭈바의 시선이 나를 향했다.

"야, 쭈쭈바."

해도 너무하는 거 아냐? 나는 원망을 담아 쭈쭈바를 나지막하게 불렀다.

이제 저들은 더욱 살이 찌겠지. 먹잇감이 더욱 풍부해졌으니까.

하지만 나의 예상과 달리 그 애들의 표정이 갑자기 달라졌다. 그 애들은 자기들끼리 머리를 맞대고 무언가를 수군덕대기도 했다. 그러더니 몇 번이나 쭈쭈바의 별명을 확인했다.

"그러니까 니가 감영고 쭈쭈바, 그 쭈쭈바 맞는 거지?"

꽤나 조심스러운 목소리였다.

"응…… 그런데?"

"아! 미안, 미안! 우리가 모르고 그랬어. 지금까지 우쭈쭈 하는 줄 모르고 그랬어."

"취소해 줘. 지금까지 우쭈쭈 한 거 취소해 줘!"

무얼까? 놀리는 걸까?

"그 쭈쭈반 줄 진짜 몰랐어. 우쭈쭈 하다 바 버린다, 눈물 많은 쭈쭈바!"

아, 놀리는 게 맞다. 그렇다면 너무 잔인하다.

"어? 거기까지 알려졌어?"

하지만 쭈쭈바의 판단은 달랐다. 그리고 언제나 그렇듯 이런 쪽의 판단은 쭈쭈바가 정확했다.

"그럼 혹시 저분, 그러니까…… 저…… 음, 저 친구가 신가리?"

그 애들은 어느새 짝다리를 풀고 바른 자세가 돼 있었다.

"어허, 로댕."

"아, 미안, 미안. 워낙 몸이 좋아서."

"이 바보 같은 놈아, 난 척 보고 알았어. 몸이 좋으면 당연히 신가리보다는 로댕이지."

"나도 알아! 맞을 만큼 맞아 준다, 청동 거인 로댕!"

"그럼 저 친구는……."

그 애는 방금 전 실수 때문인지 함부로 내 별명을 짐작하지 않았다.

아, 이 답답한 사람아. 내가 신가리로 보여? 그건 아니잖아.

쭈쭈바는 시간이 가는데도 나의 별명을 가르쳐 주지 않았다. 별수 없었다. 조금만 더 참으면 쭈쭈바가 히죽 웃으며 입을 열었겠지만, 참기가 힘들었다.

"나는 따까…… 아니, 아니. 그러니까 까리. 내 별명은 까리야."

"와! 한 놈 보고 딱 깐다, 까리 까리 따까리!"

다행이다. 설마가 역시로 변하지는 않았다. 그리고 기뻤다. 나는 태어나길 잘했다고 생각했다.

"그럼 미친놈은 어디에……."

"너희 눈앞에 있잖아."

"뭐? 싸이코가 미친놈이라고? 그 미친놈?"

"진짜야?"

믿기지 않는지 다른 애들도 확인을 했다.

"그래. 미친놈 맞아."

"나 미친놈 아냐! 전학생이라니까."

쭈쭈바의 말에 전학생은 발끈했다.

전학생의 그런 반응에 그 애들은 헷갈린다는 표정이었다.

"그럼 싸이코가…… 아니 미친놈이……."

"전학생이라니까!"

"어, 그래. 그럼 전학생이 회장이야?"

"그러엄. 우리 회장님이지."

"와, 맞네, 맞아! 갈 듯 말 듯 확 간다, 킥복싱의 미친놈!"

"미친놈 아니고 전학생이라니까!"

"그래, 그래. 갈 듯 말 듯 확 간다, 킥복싱의 전학생!"

"너희들 어쩌면 달라진 게 하나도 없냐? 그런 애들 장난 같은 헛소리들은 대체 어디서 들은 거야? 그리고 본래 별명이란 건 말이야……."

전학생의 설명이 길어질 때쯤 저만치서 다가오는 신가리가 보였다. 기다리기 지루해서 거슬러 올라오는 중인 듯했다.

"어? 엇갈리면 어쩌려고……."

우리는 신가리를 부르며 손을 흔들었다. 그 사이 그 애들은 슬금슬금 사라졌다.

까리 까리 따까리, 킥복싱의 전학생, 눈물 많은 쭈쭈바, 청동 거인 로댕, 그냥 신가리. 우리 다섯은 쭈쭈바의 집으로 향했다. 좋은 동영상을 본다는 기대를 안고서였다.

# 따까리, 전학생, 쭈쭈바, 로댕, 신가리

© 신설, 2016

초　판 1쇄 발행일 | 2016년 7월 7일
개정판 2쇄 발행일 | 2023년 11월 27일

지은이 | 신설
펴낸이 | 정은영
편　집 | 전유진 최찬미 이태은
마케팅 | 이언영 연병선 한정우 최문실 윤선애
제　작 | 홍동근

펴낸곳 | (주)자음과모음
출판등록 | 2001년 11월 28일 제2001-000259호
주　소 | 10881 경기도 파주시 회동길 325-20
전　화 | 편집부 (02)324-2347, 경영지원부 (02)325-6047
팩　스 | 편집부 (02)324-2348, 경영지원부 (02)2648-1311
이메일 | jamoteen@jamobook.com
블로그 | blog.naver.com/jamogenius

ISBN 978-89-544-4882-6 (43810)